― 書き下ろし長編官能小説 ―

まさぐり先生

北條拓人

竹書房ラブロマン文庫

目次

序章 5
第一章 美人先生の淫肉接待 17
第二章 人妻教師が放つ媚香 98
第三章 初恋の先生は欲情に濡れて 178
終章 240

この作品は、竹書房ラブロマン文庫のために
書き下ろされたものです。

序章

「お兄さん。どう？　イメクラ。一万五千円……」

能天気な客引きに気安く声をかけられ、安田司《やすだつかさ》はうんざりした気分になった。

派手な法被《はっぴ》を着こんだ居酒屋の呼び込みをやり過ごした矢先、すぐに黒服を着こんだ男が近づいてきたからだ。

もうすっかり秋も深まる時期なのに、未だ暑い日が続いている。

黒服などを着こんでいるのも、ご苦労なことだと思わず同情するほどだ。

飲み食いに用がないのであれば、当然おんなの方であろうとばかりに男は、司の前にラミ加工した猥褻《わいせつ》なメニューを掲げている。

鬱陶《うっとう》しいことこの上ないが、相手をするといつまでも付きまとう。

迷惑防止条例などこの町ではお構いなしだ。

そもそもこんな場所に事務所を構える会社がどうかしているのだろう。しかも、司の勤める会社は学校や個人向けの教材を扱《あつか》う会社なのだ。

司はギュッと口を噤《つぐ》み、言いたいことを呑み込んで、ひたすら先に足を進めた。

「お兄さん。よくここを通るよねえ。たまにはどう？」

ふいに男が、通りいっぺんの呼び込みとは違うことを言い出した。

この道は会社から駅へと向かう一番の近道だ。それ故、ここを頻繁に通るのは当然なのだが、とはいえ、まさか呼び込みの黒服に顔を覚えられていようとは思ってもみなかった。

虚を突かれ思わず顔を上げると、男はニヤリと笑ってみせた。

「お兄さん好みの、かわいい子がいっぱいいるよぉ。たっぷりとサービスさせるからさぁ……」

ここぞとばかりに営業をかけてくる男に司は慌てて首を振る。そもそも司の好みなど、この男に判《わか》るはずがない。

「お兄さん、溜《た》まっていそうだよね。ストレスも、あっちの方も……」

さらに男が続ける。

確かに司は精力を持て余し気味で、溜まっているのも間違いない。

けれど、現代の若者なのだからストレスも、下半身にもたっぷりと溜め込んでいて当然だ。

「うちの店は粒ぞろい美人揃《ぞろ》い。若い子から熟女《じゆくじよ》まで選《よ》り取《ど》り見取《みど》りだよ……」

いかにも好色そうな、下卑《げび》た笑いを唇に浮かべながら男は畳みかけてくる。

「ここだけの話、大手企業のＯＬや人妻とか、モデルなんかも在籍しているよ。変わり種では教師なんてのもいたかなぁ」

なんとか司の歓心を買おうと言葉を続ける男に、司は迂闊《うかつ》にも歩調を緩《ゆる》めてしまった。

粒ぞろいとか、モデルとかの常套句を鵜呑みにするつもりもないが、思わず食指を動かされてしまうキーワードに出くわしたのだ。

「おっ？　人妻が好み？　それともモデルに惹《ひ》かれたかい？　お兄さん、隅《すみ》に置けないねえ。それじゃあ、こうしよう。せっかく顔見知りのお兄さんにサービス。どうだいお試しで、五十分一万円！」

司に脈ありと見たか、黒服はここぞとばかりに値段交渉に打って出た。

時には憂さを晴らしたいのはやまやまながら、懐の寂《さび》しい司にとって一万円の出費は痛い。ましてこの男の話がどこまで信じられるか怪しい。

甘い話にうかうかと乗ってしまうと、痛い目に遭《あ》わないとも限らないのだ。

思い直した司は、黒服の言葉を遮《さえぎ》るように手を振り、再び歩調を速めた。

ようやく男を振り切ると、司はふーっと詰《つ》めていた息を吐いた。

「はぁっ……。しつこい奴だなあ……。にしても、教師が在籍しているなんて本当だろうか？　まさかね……。」

どうしても司が後ろ髪を引かれたのは、〝教師〟というキーワード。

フェチというのか、司は女教師に性的な嗜好《しこう》を持っている。

そのきっかけとなったできごとに出くわしたのは、中二の夏休みのことだ。

サッカー部の練習試合で、スライディングを受けた司は、膝をしこたま擦《す》りむいた上に捻挫《ねんざ》までしてしまった。

生憎《あいにく》というか幸運にもというべきか、年増の養護教諭は登校していなかったのだが、たまたま担任であった白木澪《しらきみお》が保健室に駆けつけてくれたのだ。

「随分派手にやられたものね。膝のところがこんなにひどくなっている……」

澪先生の言葉を司は今でも一言一句漏《も》らさず覚えている。

そればかりではなく、先生の表情やその姿さえ、色あせることなく、鮮やかに脳裏に焼き付けられていた。

それもそのはずで、余程急いで駆けつけてくれたのであろう澪先生は、競技用水着の上にラッシュガードを一枚羽織っただけの悩ましい姿だったのだ。

水泳部の顧問でもあった担任教師は、当時二十五歳と若く、それでいて成熟した大人の魅力をたっぷりと放っていた。

そんな彼女が、思いもよらず水着姿で現れたのだから司がポーッと逆上《のぼ》せない方がおかしい。思春期に差し掛かり女性を意識する年齢になったばかりの男子生徒には、あまりにも贅沢すぎる眺めなのだ。

スレンダーながら胸のふくらみは想像以上に大きく、腰部などは悩ましく括《くび》れている。露《あら》わになっている太ももなどは、ムチムチしている上に、つやつやほこほこしてつい手を伸ばしてしまいそうになるほど。

相当に傷が痛んだはずなのだが、その痛みなどほとんど吹っ飛んでしまった。

膝小僧のぱっくり開いた傷口に入った小石を取ろうと、屈みこんだ女体は心なしかまだプールの湿り気を帯びている。

瑞々《みずみず》しい女体が溌剌《はつらつ》と息づく様子に、司は下腹部を膨《ふく》らませていた。

強張《こわば》る短パンの前部分を先生に気づかれはしまいかと焦《あせ》ったが、かといってそこを隠すこともできなければ収まりをつける術《すべ》もない。

目立つ膨らみを咎《とが》められぬよう祈りながらも、つい視線は丸みを帯びた女体に吸い込まれてしまう。

こんもり実った二つの乳房が、ぴっちりとした濃紺の水着の下でひしめき合っているのが判る。キュッと引き締まったウエストまでの曲線も殺人的な美しさ。

夏が近づくにつれ水泳部への入部希望者が増える理由は、彼女の魅力が一役も二役も買っていることは歴然だ。

しかも澪先生は、よほど急いで駆けつけてくれたのだろうことに加え、無人の保健室にはエアコンが入っていなかったこともあり、ムシムシした暑さで、瞬く間に汗が噴き出していた。

透き通る色白の素肌から漂《ただよ》う甘酸っぱい芳香が、さらに司を誘惑するのだ。

けれど、澪先生は何事もないかのように淡々と手当てをしてくれる。

司のズボンの前の膨らみに気が付かぬはずはない。オキシフルに浸《ひた》したカット綿を傷口に押し当てる際、どうしてもその角度に司の股間が視界に入るはずなのだ。

それでも気づかぬふりをしてくれるのは、大人の女性の振る舞いであると同時に、担任教師として司のことをある程度知っているからこそ、信頼のようなものがあったからだろう。

水泳部の顧問としては当たり前のような競技用水着も、こうして人気のない密室で生徒とはいえ男性と差し向かいになれば、女性特有の肉体の丸みを強調するばかりの危険な衣装《いしょう》に他ならない。

おおよそ男子生徒と二人きりになるにふさわしい恰好ではないのだ。

素肌に密着する伸縮素材は、乳房のふくらみや尻の窪み、腰骨までもが浮き出している。その陶器のような光沢の肩からですら、淑《しと》やかな色気が放たれている。

中でも司の視線をくぎ付けにさせたのは、豊かな双胸の隆起の頂点で、大きさやその形状も露わに二つの乳首がつんと浮かび上がっていたことだ。

ぴっちりとした水着ならではの、浮かび上がるその尖りに、司は眩暈《めまい》がするほど興奮をした。

大急ぎで駆けつけてくれた上に、こうして手当てしてくれる担任に申し訳ないと思いながらも、水着に覆《おお》われた肉体の起伏に司は息遣《いきづか》いまでを変調させていた。

「これでいいわ。今度は捻挫した足首ね……」

消毒を終えた傷口を絆創膏で覆われると、今度は捻挫した足首にシップが貼られ、サポーターで覆ってくれる。

その手際のよい手当の間中、司は艶《なま》めかしい大人の肢体を間近でたっぷりと視姦した。

「やだ安田くん。鼻血……」

初めて触れるに等しい大人のおんなの凄まじい魅力に、すっかり逆上せてしまい、たらりと鼻血が落ちてきたのだ。

白魚《しらうお》のような手が大急ぎで脱脂綿を握りしめ、司の鼻先を押さえてくれる。しっとりと潤《うるお》いを帯びた女体に、またしても超至近距離を侵され、司はどぎまぎしながら体を強張らせた。

無防備にも司の肩に、澪先生の乳房が触れていた。

「大丈夫？　クーラーも利いていないから暑すぎて逆上せちゃったのね……」

そう言う澪の頬《ほお》や首筋にもじっとりと汗が伝っている。

淫靡《いんび》に饐《す》えた花のような香りが汗と共に滲《し》みだし、性ホルモンが盛んな年頃の男子生徒を無自覚にいたぶってくる。

痛いまでに屹立《きつりつ》させた肉塊が、いまにも破裂してしまいそうだった。

「だ、大丈夫です。ありがとうございます」

慌てて司は、先生の手から脱脂綿を受け取り、大急ぎで自らの鼻腔に押し込んだ。

「こうしていれば、すぐに止まりますから……」

真っ赤な顔をしてそう言い切る司に、澪はクスクスと明るい笑顔を注《そそ》いでくれた。

「うふふ。だったらいいけど……。これは応急処置だから、家に帰って痛むようなら、ちゃんと病院に行くのよ」

「はい。そうします。あ、ありがとうございます。先生に駆けつけてもらえてよかったです」

澪との距離が離れていくことを残念に思いながらも、司も殊更《ことさら》明るく言い、立ち上がろうとした。

「痛っ！」

余程舞い上がっていたのだろう。司は自らの捻挫を忘れ、足に全体重をかけてしまった。

強烈な痛みがぶり返し、体を支えきれず転びかけたところを、担任教師が受け止めてくれた。

「きゃぁ、大丈夫？　もう、バカねぇ……。ムリしないの……」

正面から抱きかかえてくれた女体のやわらかさ。

ふっくらほこほこのマシュマロのような乳房がクッションさながらに司を支えてくれていた。

「す、すみません」

「いいのよ。ほらもう一度、そこに座って……」

ゆっくりと元の椅子に戻してくれる甲斐甲斐しさに、またすぐに痛みなど忘れてしまう。

「すみません」

不可抗力ながら抱き着いてしまったことをしきりに謝る司に、澪は屈託のない笑顔を振りまき、その美貌を左右に振ってくれた。

「そんな、気にしなくていいの。でも困ったわねえ……。これじゃあお家にも帰れないでしょう？」

思案顔をした先生は、すぐに何かを決心したように頷《うなず》いた。

「肩を貸してあげれば、立つことはできるかしら？」

試しにとばかりに豊麗《ほうれい》な女体が司の側面に移動して、ほとんど剝《む》き出しに等しい肩を寄せてきた。

「えっ？」

「体重を乗せても大丈夫よ。こう見えて先生、結構力がある方だから……」

司の手を取り、そのまま自らの肩に回すように導いて、その場に立つ手助けをしてくれる。

「うん。大丈夫そうね。このまま歩ける？　大丈夫ね。じゃあ、こうして家まで送ってあげるわね」

思いがけない申し出に、司はどう応えればいいのか判らない。

「うふふ。大丈夫よ。先生ももう帰るところだから……。でも、このままではダメよね。ちょっと、着替えてくるから待っていてね。安田くんも、ここで着替えちゃいなさい」

足元の司の荷物に視線を向け、そう促《うなが》した先生は、自らも着替えるために足早に保健室を出て行った。

その後のことは、司自身よく覚えていない。

家までの道のり、先生の細身《ほそみ》の肩に摑まり、ゆっくりと歩いたのだろう。

覚えているのは、司の脇腹に澪の乳房がずっと当たっていたことばかり。それがために、またしても逆上せてしまい記憶が飛び飛びになっているのだ。

以来、司は澪に憧れにも近い恋心を抱くようになった。

司にとってはそれが、異性への目覚めでもあったかもしれない。

級友たちは、澪先生の美しさや肉体的魅力は認めるものの、ほとんどが、同じ世代の女子たちに興味を持つか、あるいはアイドルやタレントに熱を上げていた。

ひとまわりも年の離れた女教師を異性として意識しはじめた自分を我ながら変だと思いながらも、先生のやさしい瞳と、その豊かなプロポーションに、夢中になっていたのを覚えている。

もちろん、中学生の司に担任教師への思いを告げる度胸もなければ、伝えたところで相手にされるはずもない、という中途半端な分別も持ち合わせていた。

クラスの仲間に変にばれて、年増好みとか変態扱いされるのも怖かった。

つまるところ、心に秘めるだけのひた隠しにした片思いであり、なればこそ、それを拗《こじ》らせるように醸造《じょうぞう》させてしまい〝女教師フェチ〟と呼べるまでに変貌させてしまったのだ。

その女教師フェチが、留まるところを知らず、現在の司の仕事にまで影響を及ぼしているのだから筋金入りもいいところだ。

第一章　美人先生の淫肉接待

1

「ううっさぶっ。さすがに冷えてきたかなあ……」

温暖化の影響なのか、十一月とはいえ昼間は、いまだに残暑かと思える日がある。

けれど、いくら亜熱帯のような気候に変調しているといっても、日が暮れてしまうとさすがに風は冷たさを増している。

気が付くといつの間にか、ショウウインドウはハロウィンからクリスマス向けの飾り付けに変更されている。

けれど、司にはとてもクリスマスなどと浮かれた気持ちになれない。

学生の頃は、クリスマスシーズンともなると、もう少しウキウキしていたはずなのに、会社に勤めはじめた途端《とたん》、そんな余裕などまったくなくなっていた。

「にしてもさあ、少しは頑張《がんば》っているご褒美《ほうび》があってもいいんじゃないの？」

身に沁《し》みる空っ風に背中を丸めながら、どこぞの神様とやらに恨《うら》み言《ごと》を言いたくもなる。

「あれっ？　サンタさんは神様じゃなかったか……」

司は一流とまではいかないまでも、一応は教育大学に合格し、それなりの成績を修《おさ》めて卒業もした。

教育実習もそつなくこなし、念願の教員資格を取ることもできた。

にもかかわらず、結局司は教職に就くことができなかった。

公立私立を問わず募集のあった採用試験を片っ端から受けたものの、論文、面接、模擬、実技のいずれかでミスが出て、ことごとく受からなかったのだ。

思いの強さが最後の最後に緊張を生んだのか、あるいは女教師フェチの邪《よこしま》な下心が肝心なところで見え透いていたか、結局、教師にはなれなかった。

だからといって就職浪人するわけにもいかず、急遽方針を切り替えて一般企業の就職先を探すことになったのだが、教師の道をギリギリまで模索したことが仇《あだ》となり、気づいたころにはろくな就職先がなくなっていた。

どうにか潜り込んだのが現在の教材会社なのだ。

それでも、少しは女教師と接触できるのではと思ったのも束の間、世の中そんなに甘くない。

入社した会社は、薄給である上に拘束時間が長く、そのくせ営業ノルマがきつい、絵にかいたようなブラック企業だったのだ。

毎日学校に出入りして、教師たちの御用聞きをするばかりでなく、生徒に直接販売したり、新たな販路を開拓するための学校回りをしたりと、いまどき珍しいアナログな会社でもあった。

確かに、多少は女教師と接触できたが、好みの美人教師を目で追うのすら疲れ果てていてままならない有様。

特に骨が折れたのは、新規開拓の営業回りだった。

話の接《つ》ぎ穂にも困るくらい取り付く島のない中で、自社の商材を売り込む難しさ。

かてて加えて、昔と比べセキュリティがやかましくなり、アポを取っていないと、学校内にさえも入れてもらえない。先輩社員ですら営業にならないのだから、入社二年目の司如きが、はかばかしい成績を上げられようはずもなかった。

ただそれでも、捨てる神あれば拾う神ありではないが、司にも助力してくれる相手があった。

「ああ、千鶴《ちづる》先生から注文だぁぁ……。せんせぇぇぇ……」

くたくたになり外回りからオフィスに戻り、パソコンを確認すると、司に助力してくれる数少ない存在、河田《かわだ》千鶴からの発注が入っていた。

千鶴先生は高校時代の担任教師であり、いまや司にとって女神のような存在だ。否、いまやというより、高校生の当時からずっと千鶴は、司にとって女神であり続けている。

初めて教室に千鶴が入ってきた時の感動は、未だに忘れられない。

先生というよりもモデルか女優が、飛び出してきたかのような印象だった。

その千鶴先生が、高校を卒業してもう六年も経つというのに、未だに司のことを気にかけてくれていて、時折こうして発注をしてくれるのだ。

大きな注文ではないにしても、砂漠のオアシスのような注文だからありがたい。

くじけそうな司の背中を暖かく応援してくれていると思うだけで、力が湧いてくる。

「ありがとうございます。千鶴先生」

小さく声に出しながら千鶴の美貌を思い描いた。

細い首の上の小作りな顔は、広い額と小さく尖った頤《おとがい》のやさしいフォルム。

まっすぐに整った鼻筋の頂点が、つん、と可愛らしく存在感を主張している。

理知的にきゅっと結ばれた唇は、芯が通っていながら、丸い人となりを表すようにやわらかくふっくらと形作られている。

おそらくは基礎化粧品とルージュを薄く載せただけの薄化粧ながら、ぷるるんとしている上に瑞々しく艶《つや》めいている。

目力の強いアーモンド型の瞳は、一点の曇りもなく澄み切って、漆黒に輝きながら慈愛と知性の片鱗を漂わせている。

黒く艶のある髪は、動きやすさという点では短くてもいいのだろうが、生え際が首筋にかかっていた方が無用に男子生徒を挑発することがないとばかりに、肩に届くくらいの長さで切りそろえられていた。

それほどまでに整った顔立ちでありながら、美人にありがちな冷たい印象はなく、いかにも思いやりの深そうな印象を与える。

実際、教師の資質として天性のような人当たりのよさが、また彼女を実年齢よりもかなり若く見せていた。女子生徒たちに混じってしまえば、その清楚な薄化粧のせいもあり同年齢もしくは、一つ二つ年上のお姉さんとしか映らないほどなのだ。

中学時代、担任の白木澪に片思いをしていたと同様に、司は高校在学中、ずっと千鶴ばかりを目で追うことになった。

司の担任をしてくれた当初、千鶴は二十七歳であったから、いまは三十三歳になっているはずだ。

けれど、司の周りにいる親戚の三十代の女性たちと比較すると、明らかに五つは若く見える。

国語教師ながら学生時代に新体操の経験があり、そのお陰ですこぶるプロポーションがよく、当時の女生徒たちからも羨望の眼差しを浴びる存在だった。

あの頃すでに女教師フェチを拗《こじ》らせていた司ではあったが、そんな性癖がなくとも、千鶴に夢中にならずにいられなかったことだろう。

当時独身であった千鶴は「恋人さえいない」と公言していたこともあり、「三十までには嫁に行けよ」と、ことあるごとにクラスのみんなから弄《いじ》られていた。

けれど、生徒たちはみな内心、なぜこんなに美しい千鶴に恋人さえ現れないのか、判らずにいたはずだ。

あとで思えば、それだけ千鶴が熱心な教師であり、どんな時にも生徒に親身になってくれるためにプライベートの時間など作る暇がなかったのだと想像できる。

つまりは、当時、高校生であった自分たちは、まだ精神的に幼すぎて、そこまでの想像力が働かず、美人である上にやさしい千鶴先生が、と単なる不思議としか捉《とら》えていなかったのだ。

もっとも、千鶴に夢中になっていた司としては、かえってそれは喜ばしいことだった。もちろん、教師と生徒の恋愛など夢のまた夢と判ってはいたが、まだ千鶴が誰のものでもないという現実さえあれば、勝手に妄想は広がっていく。

ただし、口には出さないまでも、密かに千鶴に憧れを抱いていた男子生徒は明らかに多かった。

千鶴が顧問を務める新体操部の練習を男性生徒たちは、無関心を装いながらチラ見していたり、隠れて覗《のぞ》き見をしていたりしたものだ。

女子生徒のレオタード姿に興味を抱く男子生徒が大半であったかもしれないが、大人の女性の魅力を隠しようもなく発散させている千鶴へ熱視線を送る輩《やから》に、司は何度も遭遇していた。

司自身、部活にかこつけて視線だけは千鶴の姿を追っていたから、ライバルたちの存在にばっちりと気が付いていた。

センセーショナルであったのは写真部が、高文連の大会を理由に千鶴や新体操部の女子たちを被写体とする許可を得たことだ。

よく先生がそんな許可を出したものだと思ったが、カメラなど意識することなく演技に臨《のぞ》めなくては、大会でよい成績を得られるはずがないと、平常心を鍛える練習の一環として了承したらしいのだ。

そのことを知った司も、先生を撮影させてもらえるのなら、写真部に入部しようかと真剣に考えたほどだ。結局、仲のよい写真部の友人に密かに頼み込み、画像データをもらう話をつけたが、その時のデータは、いまだに司の宝物となっている。

高校在学中はもちろん、大学に入ってからも、千鶴の世話になっている。教員免許を得るための教育実習で、指導教員を務めてくれたのだ。

ことごとく教員採用試験に失敗し、教師の道を閉ざされた司を励ましてくれたし、教材会社に就職してからも、教材の発注をしてくれる。

つまり千鶴は、文字通りの恩師であり、憧れの女性でもあった。

残念ながら千鶴は、司が大学在学中に結婚して、いまは人妻となっている。

だからといって、彼女への淡い想いを抑《おさ》えられるものでもない。

「えーっと……。千鶴先生にまずは発注のお礼をメールしなくちゃ……」

パソコンに向かいなおし、早速お礼の文章を打ちながら、教材を届けることを口実に千鶴の美貌を拝みに行こうと心に決めた。

2

「安田くん？　もしかして安田司くんじゃない？」

注文を受けた美術用の石膏像を搬入している時だった。ふいに女性の声でフルネームを呼ばれ、聞き覚えのある声に体ごと顔を向けた。

自分の顔よりも大きなギリシャ彫刻の石膏像にほとんど視界を遮られているため、不自由な体勢で首を捻《ね》じ曲げている。

「えっ……あっ、白木先生？」

司は大きく眼を見開いた。そこにいたのは中学の時の担任教師で、憧れの白木澪であったからだ。

いつも柔和な笑みを絶やさない澪の美貌をそこに見つけ、司は周囲がぱっと明るくなったような気がした。

「えー？　なんで白木先生がここに？　教職は退いたと聞いていたのですが……」

あの頃と少しも変わらない澪。司よりひとまわりも年上と判っていても、とても三十五歳になど見えない。

澪は、白いブラウスの上に、濃紺の瀟洒《しょうしゃ》なレディーススーツを着て、いかにも女教師然とそこに佇んでいる。

まるでタイムマシーンにでも乗って現れたかのような、あの頃とまるで変わらない姿。けれど、紛《まぎ》れもなく澪に違いなく、司は感動と歓びについ涙ぐんでしまった。

あの頃と違っているのは、昔は背中を超えるほど長かったストレートの黒髪が、今は肩までとなり、わずかにウエーブがかかっていること。その髪の色が、わずかにスミレ色に明るく染められていることとくらいだ。

お陰で、大人っぽい魅力がさらに数百万倍も増幅された気がする。

「いやだ、安田くん。そんな大げさねぇ」

涙ぐむ司に、やわらかく相好を崩しながら先生もうっすらと瞳に涙を浮かべていた。

「先生、いまはこの学校にお勤めなのですか？」

「ええ、そうなの。あなたらしき後ろ姿が見えて、わたしも驚いたわ。五年ぶりよね。クラス会以来かしら……」

澪の言うクラス会に、司には少し苦い思いがある。というのもその会が、彼女の結婚を祝うために催《もよお》された会であったからだ。

三十路《みそじ》に入った澪は、それでもその美しさが保たれていたばかりでなく、結婚を控えてかさらに磨《みが》きがかかっていたことを覚えている。

高嶺《たかね》の花がさらに遠くに行くことを、指をくわえて眺めていなければならず、悔しさと寂しさに苛《さいな》まれたものだ。

タイミング的にちょうど、千鶴先生の結婚までが重なり、司は二重のショックを受け、精神的に最もきつい時期となった。

だからと言ってクラス会に出席しないのも違うと、ギリギリで正常な判断を下し、澪の結婚を祝ったのだ。

「それにしても驚いたわ。安田くんが、どうしてここに？　しかも、そんなものを抱えて……」

耳に心地よく響く澪のアルトの声には、相変わらず司の背筋を震わせる力がある。

いまでは司よりも少し背の低い位置にある澪の美貌が、愛らしく横に傾《かし》げられた。

ふわりと揺れたウエーブのかかった髪から漂ってくる果樹園のような甘やかな香りが、司をあの頃と同じうっとりと夢見心地にさせた。

「情けないことですが、実は教員採用試験に失敗しまして……。やむなく少しでも教職に近い仕事をということで、教材会社に就職を。これもうちの商品の一つで」

顎先で石膏像を指しながら司は、近況を報告した。

「そうなの。残念だったわね。安田くんならいい先生になると思ったのに……。でも希望の職に就ける人は限られていて、大半の人は思い通りにいかないから……。大切なのは与えられたフィールドで、その役割をきちんと果たすことよ」

澪らしい励ましの言葉が淀みなく容《かたち》のよい唇から零《こぼ》れてくる。ありきたりのような慰めの言葉であっても、澪が口にするとスーッと心に沁みるのは、彼女の人となりが大きい。親身になって真《ま》っ直《す》ぐに言葉をかけてくれるからということもあるだろう。

「うふふ。まじめで頑張り屋さんの安田くんのことだから余計なお説教ね……」

相変わらずの美貌を誇る澪にそう言われ、嫌な気などするはずがない。照れくさくはあったが、司はだらしなく相好を崩し鼻の下を伸ばした。

それにしても澪のこの若々しさはどうだろう。

千鶴先生も六年前からまるで変わらないと感じていたが、澪はさらにその上を行く。中学時代に出会ったあの時から、まるで冷凍保存されていたかのよう。

それでいて、確実に歳月は澪の美に磨きをかけている。

若々しさはそのままに、艶というか色香というか、大人の落ち着きと優雅さに深みが増している。

男なら誰しもが息を呑むほどの美貌は、可憐なる淑女そのもの。

女教師らしい小春日の日差しのような、癒しをたたえた笑顔。

柔和な双眸《そうぼう》は漆黒に煌《きら》めき、慈愛溢《あふ》れた目尻に嫋《たお》やかな眉が平行に並ぶ。アラバスタの如き頬と、控えめに引いたルージュに色づくふっくら唇とのコントラストがとても華《はな》やかで、自然と感嘆が零れ落ちてしまいそうになる。

日々の多忙さに心まですり減らされている司のささくれだった神経が、先生を見つめているだけで、自然とほんわか癒されていく。

（澪先生のおっぱいとお尻、相変わらず大きい……。目が引き寄せられてしまう）

いけないと判っているが、持て余す二十代の性欲には勝てない。

まして、このお尻と乳房こそが晩熟気味の司を異性へと目覚めさせた逸品なのだ。

司は石膏像に隠れ、ごくりと生唾《なまつば》を呑み込み、そっと魅惑の肢体に見入る。

豊かな胸のふくらみは白いブラウスをこんもりと張りつめさせている。

不可抗力ながらかつて一度だけ触れているそのふくらみの凄まじいやわらかさは今なお記憶から消え去っていない。

しかし、こうして再び垣間見ると、年齢を経て熟れを増しているようで、さらにたわわに育っているようにも思える。

柳腰から美尻へと至る優美なラインは痴漢ならずとも両手で鷲摑《わしづか》みたくなるような

蠱惑《こわく》の曲線美で、一たび歩き出せばこちらもむっちりと熟れ切っていることを匂わせながら魅力的に左右に揺れるのだ。

ロングスカートで隠されてしまっているのが惜しいほどの脚線も、裾から伸びる白い脛《すね》はゾクリとするほど美しい。

いまなお水泳を続けているのだろうか。そう考えれば、あの頃の均整の取れたプロポーションがそのまま健在なのも頷ける。

しかしながら、年を重ねたことにより、幾分、丸みを帯びたようにも思える。肥え太ったわけではなく、むしろ年増痩せしてスレンダーになっている。にもかかわらず、肉体がむちむちとして男好きする曲線が目立つようになった気がする。

おんなが熟れるとは、こういうことを言うのかもしれない。

澪のことを穴があくほど見つめてきた司だから、彼女の微妙《びみょう》な変化を知ることができた。

（ああ、にしてもやっぱり澪先生は美しい！）

久しぶりの再会であったにしても、その凄まじい美しさに、まるで初対面のような新鮮な感動すら覚えている。

「先生はいつからこの学校に？」

結婚と同時に澪は教職を退いていたはず。お陰で、この五年の間、近況を知らずにいたのだ。もし、未だに教師を続けていると知っていれば、司の仕事柄、探すことは容易であったはずなのだ。

「うん。教師には三年前に復職したの」

「そうなのですか。すみません。僕、全然知らなくて」

「いいのよ。そんな……。知らなくって当然じゃない。昔の教え子に先生の方から復職しましたって連絡するのもおかしいでしょう？」

「それはそうですが、僕はこんな仕事をしているので、知っていても不思議がないのに……。お世話になった澪先生には、すぐにでも挨拶に伺っていなくては……」

申し訳なさそうに謝る司に、澪はにっこりと笑ってくれる。

「うふふ。安田くんは、すっかり営業マンの鑑《かがみ》ね……。ここの中学には、この二学期から赴任してきたの。前任の先生が結婚退職されるとかで……」

「ああ、前田《まえだ》先生ですか。確か妊娠もされているとかで……」

司もよく知る前任者の面影が脳裏に浮かんだ。

雑談から司が同じ大学の後輩であると知ると、彼女は気にかけてくれるようになり、何度か教材の発注を受けていたのだ。

つまり彼女の退職は、イコール顧客を失うことでもあった。

せっかくのお得意様を失うのは痛手ではあったが、そこはお祝い事として、司からも心ばかりの結婚祝いを贈らせてもらっている。

営業マンとはそういうものと、先輩から教わっていることもあったが、世話になった相手にそういう気遣いをすることは、司にとってしごく当たり前の感覚なのだ。

「前田先生からは、よくご注文を頂いていました。正直、うちはノルマが厳しいので前田先生が退職されたのは痛かったのですが……。ここだけの話、お陰で白木先生と再会できました」

司の言葉に、澪が慈愛に満ちた眼差しと、しっとりとした微笑を注いでくれる。それだけで司は、他愛なく頬が紅潮してしまうのを感じた。

「うふふ。だったら前田先生の代わりにわたしが安田くんを応援しなくちゃね。可愛い教え子なのだし、贔屓《ひいき》にするわ。御社の取扱商品のカタログはあるかしら？」

「はい。ありがとうございます。あ、あのそれじゃ僕、クルマに一度戻りますから」

うれしい申し出に、すぐに引き返そうとすると、その背中にまたアルトの声がかかった。

「あぁん、安田くん、せっかちねぇ。慌てずに、その石膏像を届けた後でいいわよ。

わたしは職員室で待っているから」

妙に色っぽく聞こえたそのセリフに、自分の顔が幸福に蕩《とろ》けているのが判る。

中学生の頃、ずっと募らせてきた彼女への想い。諦めたはずの淡い恋心が再び不死鳥の如く蘇《よみがえ》るのを司は確かに感じていた。

3

「あのう。ふくろう教材の安田です……」

どんな時であっても、初めての商談というものは緊張する。

たとえそれが、紹介を受けた商談であったとしてもだ。

まして、それが他でもない澪の紹介であるだけに、絶対にしくじるわけにいかず、余計に緊張が増す。

通された応接室で、司はひどく渇《かわ》きを覚える喉《のど》に、しきりに何度も唾《つば》を飲み込んだ。

先日、澪を訪れた折に、彼女が相変わらず司の話を親身になって聞いてくれるから、つい調子に乗って会社のノルマの厳しさまで口にしていた。

半《なか》ば自嘲的に笑いを取るつもりだったが、話を盛るまでもなく本当のことを述べるだけで、澪はひどく心配してくれて、後輩の教師を紹介してくれると約束してくれたのだった。

「お待たせして、ごめんなさい。初めまして三島悠希《みしまゆき》です」

応接室の扉がノックされ、颯爽《さっそう》と現れた女性に司はすぐさま目を奪われた。

ごくありふれた応接室に、突如陽《ひ》が射し込んだかと思うほど、華やかで、眩《まばゆ》い空気が彼女の周りから発散されている。

(うわぁ！　久しぶりのストライク！　こんな衝撃、千鶴先生以来かも……)

白木澪や河田千鶴も眩い美女オーラを発していたが、悠希のそれには瑞々しい若さも加わっているせいか、より明るい雰囲気と圧を感じられた。

彼女が登場した途端、思わずハッと息を詰めた。そのままポーッとなってしまうほど、司のどストライクに嵌《はま》る女性だった。

澪や千鶴とは、また違ったタイプの知的な美貌。瑞々しくも溌溂《はつらつ》とした色香を漂わせながら、凛《りん》とした教養を滲《にじ》ませている。

ただし、澪や千鶴のような女教師らしい矜持《きょうじ》をあまり感じないのは、悠希が学校の教師ではなく、進学塾の講師であるせいであろうか。

澪からも進学塾と聞いていたが、そこは中学一年生から高校三年生までが通う大きな塾で、元は某大手の予備校が使用していた校舎を借り受けているほどの規模なのだ。

「はじめまして。ふくろう教材の安田です。白木先生のご紹介でお伺いしました」

司もこの塾の存在を知ってはいたが、塾に教材を卸《おろ》すことにまでは頭が回らず、これまで営業をかけたことはなかった。

とにもかくにも、悠希が女教師というよりも、女性秘書とかキャビンアテンダントのような印象を受けたのはそのためであろうか。

顧客に傅《かしず》きながらも上手に相手を操作するような雰囲気なのだ。

けれど、そんなクールビューティの第一印象もいざ話をしてみると、もっと砕けたタイプであることが知れた。

「ふーん。君が安田さんね。話は聞いているわ……。澪先輩のお気に入りなのでしょう？　うふふ。思いの外、カワイイのね。先輩のことだから、もっと堅物っぽい子がくるのかと思ったけど……」

悠希の値踏みするような遠慮のない視線に、より緊張を強《し》いられる。

「お気に入りだなんてそんな……。白木先生は面倒見がいいだけで……。僕が営業に四苦八苦しているのを見ていられなかっただけだと……」

澪のお気に入りと言われて、うれしくないはずがない。けれど否定したのは、謙遜《けんそん》というよりも、なんとなく自分などをお気に入りと捉えられると先生に迷惑がかかる気がしたからだ。

「あら、先輩の面倒見のよさは認めるけど、お気に入りには違いないと思うの。わざわざ念押しの電話までくれるくらいだから……。お気に入りじゃなければ、よほど君が気になるタイプなのかなぁ……」

悠希の意味ありげな視線に、司は蛇に睨まれたカエルの如く、椅子に座ったまま、じっと動けずにいる。

「澪先輩の頼みだから、聞いてあげたいのだけどね……」

その言葉通り、どうやら、よほど悠希は澪の頼みを聞き入れたいらしい。

彼女は澪の大学の後輩であり、妹のように可愛がられてきた存在であるそうだ。

正直、これほど大規模な塾で、教材など必要ないのではと司は考えていたのだが、彼女の方から、あんなものはないか、こんなものはないかと尋ねてくれる。注文できるものを積極的に探すかのように。

「うーん。だったら、そうねえ。このお薦めの教材ソフトや問題集とかのサンプルを見せてもらおうかしら？　私は英語担当だから、そっちの方の……。手始めに、中学生用のものを……」

司がデスクの上に置いた電子タブレットを、悠希が身を乗り出して覗き込んでいる。胸元あたりまで伸ばされたわずかに赤味かかったウェーブヘアが、柑橘系の甘い香りを漂わせている。

「ああ、この問題集は、ウチでも使われているかなあ……」

司より幾分年上のお姉さんの悠希らしく、なんとなく家庭教師に勉強を教わっているような気になってくる。

「でしたら、この辺のソフトとか、問題集を次回、お持ちします。また、それらを活用した場合の偏差値データや生徒たちの声なども……」

前向きでテキパキした悠希のお陰で、次回には、司からより具体的なプレゼンをする約束を取り付けることができた。

4

「この問題集とテストをリンクさせて復習の効果を持たせています。スマホにも連動させていますので、生徒たちが単語や構文を暗記するにも使い勝手がいいはずです」

初回の営業から数日もせぬうちに司は悠希とアポイントを取った。

「そう。それじゃあ、手始めにこの提案を採用させてもらおうかしら」

単にサンプルと見積りを提出するだけでなく、司なりの提案をプレゼンすると予想以上のリアクションが返ってきた。

「えっ、いいのですか？　内容を検討して、数日後にお返事を頂くのでこちらは構わないのですが……」

あまりにもあっけなく、それもトントン拍子に商談が進むので、むしろ司の方が検討を促す始末。

「うふふ。大丈夫よ。受け持ちの中三進学クラス三十名分くらい、私にも決済する権限があるから……」

余裕の表情で即決する悠希に、司は頼もしいと感じ入るばかりだ。

「それにしても、よほど先輩にとって安田さんは、大切な教え子なのね。あのあとも、先輩から安田さんをプッシュする電話があったわよ」

「白木先生がですか……」

いかにも驚いた風で悠希の言葉を受けたが、実は澪から悠希にフォローがあると承知していた。

司から澪に頼んだわけではないが、お礼方々澪に報告の電話を入れると、彼女の方から再プッシュしてくれると請け合ってくれたのだ。

「どんな教材を提案するのかは判らなくても、安田くんの人となりはわたしが保証してあげられるから……」と——。

澪先生がそう言ってくれたことが何よりもうれしいし、その保証に違《たが》わぬだけの仕事をしなければと気合いが入った。

「澪先輩にプッシュされたからばかりではないけれど、ヒアリング用のソフトの方も前向きに検討させていただくわ。もっともこちらの方は、私だけの決済では無理だけど、少なくとも私は乗り気よ」

ヒアリングソフトは、司からプレゼンを仕掛けたものだ。

あれからツテを辿《たど》り、悠希の進学塾の評判を色々と聞いて回った末に、司の会社で新たに手掛けたヒアリングソフトが、役立ちそうと判断したのだ。

資料とサンプルをしっかりと用意して、ここぞとばかりに悠希に提案すると、予想以上に食いついてもらえた。

そのヒアリングソフトは、中学生用ばかりでなく大学の入試対策にも利用できる上に、スマホにインストールするアプリとなっているため使い勝手もいいのが売りだ。

学校は、文科省の管轄下にあるせいか保守的な面が強い。

教材ひとつとっても、その傾向が色濃く出ている。

パソコンやタブレットの導入でさえ時間を要したのだから、教材スマホアプリなど採用されるまでかなりの時間がかかるだろう。

しかし、もうパソコンやタブレットの時代ではない。

小・中学生にまですっかり浸透《しんとう》しているスマホを活用しないのは、もったいないではないか。

その点、悠希の勤める進学塾であれば、文科省にも縛られることなく導入も容易なのではと考えたのだ。

「ここだけの話、新年度に向け、従来のヒアリングソフトを見直すことになっていたの。これなら申し分ないようだし、何よりもコストパフォーマンスがいいから生徒さんのご家庭の負担も極めて小さくて済みそう……」

司が勤めているような中堅クラスの企業が、大手と伍《ご》して生き残るには、少しでもコストパフォーマンスを下げる必要がある。

その分、司のような末端の営業マンにしわ寄せがかかるのだが、それでも安価であれば営業しやすいのが魅力だ。

「いまのタイミングで導入できるなら、ぎりぎり今年の受験シーズンにも対応できそうだし……。早速、社内で検討するので二、三日頂戴《ちょうだい》。来週の頭にはお返事できると思うの……」

悠希の進学塾も大手と渡り合うためには、何事もスピード勝負なのだろう。検討するのに二、三日と聞いて、司は舌を巻いた。

「ところで、安田くん。今晩、空いてる？　もしよければ、接待でもしてくれるとうれしいなぁって……」

何を思ったのか突然に、司を誘いはじめた悠希に、最初は何を言われたのか判らなかった。

虚を突かれ呆然としている司に照れ隠しなのか、顔をくしゃりとさせ、ぺろりと赤い舌を出している。

悠希に抱いていたクールビューティの印象が、灼熱に晒《さら》されたアイスクリームのように甘く溶け去り、急にカワイイと感じさせられる。

その殺人的なまでのギャップに、司の心臓がキュン死しかけた。

もちろん司も営業マンだから接待は慣れている。

このご時世、接待は敬遠されがちだが、教師の仕事はストレスが多いらしく、呑みに出たがる先生は結構多い。とは言うものの、それは男性教諭の話で、女教師が接待に応じることはほとんどない。それも向こうから誘ってくるなど男性教師でも稀《まれ》なことだ。

いずれにしろ司に断わりの選択肢などない。それどころか、どストライクの悠希からのお誘いとあっては、何があろうと受けないわけにはいかないのだ。

「あっ、えーと、あの。全く大丈夫です。先生とご一緒させてもらえるのは光栄です。僕でよければ、ぜひ接待させてください」

二つ返事で了承すると、「じゃあ、駅前で塾終わりの九時に」と約束が交わされた。

5

「やっぱダメぇ。司くん凄すぎ……。私、こんなにめちゃくちゃにされるの初めてよ」

聞きようによってはかなり際どいセリフを投げかけられ、司はドキリとした。だが胸の高鳴りを呼ぶのは、そればかりではない。

悠希のラフな部屋着姿が気になって仕方がないのだ。

トップスとカーディガン、そしてボトムスと、三点全てが同じテロテロ素材できていて、悩ましいボディラインにまとわりつくよう。

ピンクの色合いも相まって、つい先ほどまでの凛としたグレーのスーツ姿とは大きなギャップを見せている。

しかもトップスはタンクトップである上に、襟《えり》ぐりが大きく開いて、豊かな胸元が今にも零れ落ちてしまいそうなのだ。

悠希が、そんなラフな格好をしているのは、ここが彼女の部屋であるからで、場違いなのは相変わらずスーツ姿の司の方なのだろう。

何がどうなり、こんな幸運な時間を過ごしているのか、頭の中でずっとそのことをリフレインさせながら司は、悠希とゲーム対戦をしている。

個別に生徒からの質問を受けたため、三十分ほど遅れて待ち合わせ場所に現れた悠希。その約束の時間までを司は、リサーチと上司とのネゴシエーションに費やした。

リサーチの方は、悠希の先輩である澪に。

妹のように可愛がっている悠希の好みを、澪であれば確実に知っている。

澪に悠希と二人で過ごすことを知られるのが憚《はばか》られはしたものの、うまく接待を運ぶためにはやむを得ないと判断した。

「まあ、悠希ちゃんが接待に応じるなんて、よほど安田くんを気に入ったのね……。

そうねえ。悠希ちゃんの好みならイタリアンかなぁ……。安田くん、イタリアンのいいお店知ってる？」

イタリアンと聞いたところで、もちろん司に心当たりの店などない。

そのことを澪も察したらしく、丁度いいお店を紹介してくれた。それも悠希とは行ったことのない店をわざわざチョイスしてくれる心配りに、司は頭が下がる一方だ。

「悠希ちゃんはワインが好きなの。そこのお店なら、ワインも手ごろなお値段だから……。ワインのチョイスはお店の人に任せるといいわ」

至れり尽くせりなアドバイスをくれる澪に司は「今度お礼に、先生にもごちそうします」とちゃっかりと約束をして電話を切ると、返す刀で上司に電話を入れる。

事情を説明し、接待費を使う許可を求めたが、予想通りあえなく却下《きゃっか》された。

やむなく自腹を切る覚悟を決め、司は銀行のＡＴＭで軍資金をかき集めた。

給料が振り込まれたばかりであったのが、不幸中の幸いだ。

美味《おい》しい料理とワインのお陰で、悠希を喜ばせることができた。

自然、会話も弾《はず》み、互いの距離が近づいていく。

偶然にも悠希の住むマンションと、司の安アパートの最寄り駅が同じであることがわかり、さらに互いの趣味というかストレス発散がゲームであることが判ると、そこからさらに盛り上がった。

「安田さん」と呼ばれていたものが、「司くん」にまで昇格（？）するまでには、彼女が司より六歳年上であることや、澪とは同じ中学で教えていた時期があることも知ることができた。

「えーっ！　司くん。このまま帰したりしないわよ。明日はお休みでしょう？　ゲームしましょうよ」

結局、悠希の部屋に上がり込むことになったのも、いま二人が嵌っているゲームがきっかけだった。

彼女をマンションまで送り届けるだけのつもりが、もう少し遊びたいと誘われた。ほろ酔い加減の彼女なだけに、ここは紳士然と対応すべきだろうかと迷う司の腕を、悠希が半ば強引に引っ張っていく。

「もう少し、私に接待をして！」

そう言われてしまうと、断るすべなどない。

戸惑いつつも女教師フェチである司にとっては、またとないチャンスでもある。

途中でコンビニに寄り、ワインとつまみとなるスナック菓子を適当に見繕《みつくろ》い、彼女の部屋になだれ込んだのが小一時間ほど前。

手際よくＴＶの前のテーブルにワイングラスが並べられ、買って来たスナックの袋が背中からぱっくりと開かれると、寝室へと消えた悠希は件《くだん》のラフな部屋着姿で現れたのだ。

（おおっ！　悠希さんが、こういうゆる〜い服を着るのもいいなあ……。何だかおんなっぽさが増した感じだぁ……！）

ゆるっとした素材が女体にまとわりつくから、むしろその優美なラインが悩ましくも知れるのだ。

「よーし。じゃあ、はじめようか。負けないからね」

やはりほろ酔い加減なのか、凛としていた印象が霧散していて、どこかあどけなささえ感じさせる。

「お手柔らかに……」

早速とばかりに、はじめられた対戦ゲーム。

独身女性には十分な広さの１ＬＤＫの部屋は、防音もしっかりとされているそうで、少々のゲーム音では迷惑にならないらしい。

それをいいことに昼間とそう変わらない音量で、次々と敵キャラを倒していく。

初めのうちは、小綺麗《こぎれい》に整頓されている部屋を物珍し気に視線だけキョロキョロさせて覗き見ていた司だが、想像以上に悠希が手練《てだ》れのゲーマーであると知り、いつの間にか熱中していた。

けれど、やはり悠希の気配が気にならぬはずがない。

ベッドにもなりそうな背もたれのないオシャレなベンチソファに彼女が腰かけ、司は床に直《じか》に座ってゲーム機のコントローラーを操っている。

その司の腕や脇に、時折、テロテロ素材に覆われた悠希の美脚が当たるのだ。

それもやわらかい太ももの側面であったり、ふくらはぎであったりが、司をくすぐるように。

初めのうちは、ゲームに熱中するあまりぶつかっていたものが、徐々に悠希の敗色が濃くなるにつれワザと妨害するように仕掛けてくる。

「悠希さん、ズルいですよ。妨害はなしです！」

クスクス笑いながら体を斜めにして避ける司の体を、今度は悠希が両足の間に挟み込むようにして邪魔をしてくる。

「ああん。だってぇ、司くん、強すぎなんだもの……。こうなったらおんなの武器も使わなくちゃ」

ワインを飲み進めているせいか、さらに悠希は酔いに任せたかのように、声まで甘くさせている。

先ほどまでの触れる程度に当たっているのとは違い、明らかに両腕を挟み込まれると、さすがにコントローラーを操るのにも支障が出る。

「ゆ、悠希さん。酔っていますよね？　こんな悪戯《いたずら》まずいですよ……」

口ではそう言いながら拒むどころか、むしろ司は心臓をドキドキさせて喜んでいる。悠希の内ももの温《ぬく》もりや、そのやわらかさを味わわせてもらえるのだから当然だ。

「うふふ。少しはどぎまぎしてくれるのね。私の色仕掛けでも効果あるのね」

「そ、そりゃあ、悠希さんは魅力的です。綺麗ですし、スタイルもいいから……」

判りやすく動揺を露わにしているのだから今さら隠しても仕方がないと、司は正直な想いを口にした。

司は初体験こそ大学に入ってからと晩熟であったが、実は多少乱れた生活を送った時期がある。

同じ大学の女子と短期間のうちに四、五人立て続けにそういう関係を結び、一時期は複数の女性と恋人同士ということもあった。

今にして思えば、澪と千鶴の結婚でできた心の穴を埋めようとしたのだろう。けれど、そんな自分勝手な恋愛が長続きするはずがない。

あの頃の自分を想うにつれ、精神的に幼かったと反省することしきりだ。

以来あんな失敗は二度と犯さないと決めている。

だからといって女性に興味がない訳ではない。否、むしろおんな好きと言っていい。

性欲も人一倍と自認している。かてて加えて女教師フェチと三拍子も四拍子も揃っているのだ。

長らく続く禁欲生活もあって、悠希の誘惑に頭の芯がくらくらしていた。

「ねえ司くん。とっても器用な君にお願い……。私を気持ちよくさせてくれない？　うふふ。ちょっとパワハラ気味だけど、それも接待と思ってくれていいよ」

甘く囁きながらゲームコントローラーを悠希は投げ出し、背後から司の首筋に両腕を回してくる。

「いいのですか？　それとも、本当に酔っています？　知り合ってまだ浅い僕なんかと……。僕はまだ半人前の甲斐性なしですよ」

背中に押し付けられたやわらかな物体の空恐ろしいやわらかさとボリュームに、司は内心いつまで紳士然としていられるか危ぶんでいる。

「酔ってなんかいないわ。そういうふりをしていただけ……。女性からこんなことを仕掛けるのだから、酔ったふりくらいしなくちゃ」

「酔ってないなら、なおさら……」

「もう。さすがに澪先輩の秘蔵っ子なだけあるわね。確かに司くんのことよく知らないけれど、先輩の保証付きだから……」

「にしても……」

煮え切らない返事をしておきながら、下腹部は血液を集めている。素直な肉体の反応と同様に、心もすでに誘惑に傾《かたむ》きつつある。

それでもなお即決できずにいるのは、やはり頭の中に澪がいるせいか。

「大丈夫よ。私知っているから。司くん、女教師が大好物でしょう？　時折いるのよねぇ。そういう男子が……」

不意に言い当てられドキリとした。ばれるはずのないフェチを見事に見破られていたのだ。

「そ、そんなこと……」

「隠してもムダよ。どんな美人よりも女教師が好きなのよね？　さっきのお店にもたくさん美人はいたけれど見向きもしなかったわ。なのに塾では、気づかれないように女性講師を品定めするように見ていた。それってそういうことなのでしょう？」

鋭い悠希の観察眼には、お手上げするしかない。素直に司はそれを認めると同時に、澪がお膳立《ぜんだ》てしてくれた信用も、これで潰《つい》えるものと覚悟した。

「認めます。悠希さんのおっしゃる通り、僕は女教師が大好物です。でも、どうかこのことは、白木先生にだけは内密に……」

虫のいい話だが、どうしても澪にだけは知られたくない。やむなく司は、頭を深々と下げて懇願した。

「あん。そんなこと心配しなくても大丈夫。誰にもばらしたりしないから……。でも澪先輩をそんなに気にするってことは、司くんの女教師好きのはじまりは、もしかして澪先輩？」

美貌が司の肩越しに回り込むようにして、こちらの目の奥を覗き込んでくる。

理知的な悠希の瞳には、好奇心と興奮の入り混じった妖しい光が宿されているように見える。

今度は肩に当たる乳房の感触を意識しながら、またしても司は頷いた。

「はい。それもお察しの通りです。僕のフェチのはじまりは白木先生です」

半ば犯罪を白状するような心持ちで告白すると、なぜか少しだけすっきりしたように感じられた。

「ふーん。だからなのね。司くんのエッチな視線が私にも張り付いていたこと、気が付いてはいたけれど。それでなの……」

悠希ほどの大人の魅力たっぷりの美人が講師であれば、男子生徒の視線はおのずとくぎ付けになるだろう。ましてモデルばりにすらりとしている上に、出るべきところだけはしっかりと出たグラマラスな体型なのだ。

日常的に自意識過剰なまでに男子生徒の視線に晒されている彼女だからこそ、敏感に司の視線にも気づいていたのかもしれない。

「そうなんだぁ。フェチってほど女教師が好きなら、私にも興味があって当然よね。だったら、その情熱をたっぷりとぶつけてみない……？」

思いがけない言葉に、思わず司は「はいぃっ？」っと妙なイントネーションで声を漏らした。

心底、意味が分からない。否、意味は分かるが、その真意が判らない。

ただでさえ魅力的な女体を擦《す》り寄せられて、そうしたいのはやまやまだが、司は真意も判らずに突っ走れる性格ではなかった。

「そんな怪訝《けげん》そうな顔をしないで……。澪先輩のお墨付きの司くんとなら安心してセックスできるでしょう。しかも女教師フェチの君なら、情熱たっぷりに悠希を燃えさせてくれるかなって……」

決して肉食系には見えない悠希。知性溢れる眼差しは、イケイケのビッチのそれとは程遠い。欲求不満とも何かが違う。女教師好きの司だからこそ、それが判る。さもなければ、これほど司が惹かれるはずがない。ただ単に、女教師であれば食指が動くというほど司のフェチは単純ではないのだ。

「器用な司くんだから上手に接待して欲しいの……。信頼できる男の人に、たっぷりと癒して欲しいのよ。うふふ。私からも司くんをいい子いい子してあげるわよ。司くんが大好物の本物の女教師よ。何をして欲しいのかしら？」

恐らく悠希は、その言葉通り癒されたいのだろう。安心を得たいのかもしれない。

そう気づいた司は、できうる限りの情熱で悠希を愛してみようと決意した。

セックスするのは久しぶりである上に、それほどテクニックに自信があるわけでもない。けれど、女教師という存在を愛することにかけてだけは自信がある。

「あ、あの……。悠希さんは、気持ちよくしてって、どうして欲しいのですか？　あまり自信があるわけではないので、どうして欲しいか教えてください」

そもそも女教師に教わりながらするのが、司の希望でもある。これほど美味しいシチュエーションなどあり得ない。

腹を括《くく》った司は、逸《はや》る気持ちを抑えようと、大きく深呼吸してから、ぐいっと体を捻《ひね》り、ソファに座る悠希へと向き直った。

6

「どうして欲しいって……。そ、そうね。じゃあ、私のここを舐《な》めてみる？」

言いながら悠希はひょいとその場で腰を持ち上げると、自らのボトムスをずり下げていく。ゆったりとした部屋着に隠されていた媚脚《びきゃく》が現れた。

眩い白さのすべすべ肌が、むくみひとつなくぴっちりとハリを保ち、美しくも蠱惑的に光り輝いている。

その腰高の下腹部を覆うのは黒いローライズの下着。

部屋着と比べ、そのショーツはいわゆる勝負下着と呼ばれるもののよう。

（もしかして悠希さん、こういうことを予測して、あらかじめ用意していた……？）

単に、部屋着にだけ着替え、下着はそのままのものを穿《は》いていたに過ぎないのかもしれない。にしても、瀟洒《しょうしゃ》なレースが施《ほどこ》されていたり、セクシーに透けるように細工が施されていたり、はたまた臍《へそ》下の部分には小さなリボンが飾られていたりと、司ならずとも、そう勘繰らずにはいられない高級そうな下着なのだ。

しまう。
再びソファに腰を降ろしながら、今度は上半身のカーディガンを、薄く華奢《きゃしゃ》な肩からするりと落とす。さらに悠希は、大きく襟ぐりの開いたタンクトップも脱ぎ捨ててしまう。

現れ出たのは白いデコルテが、ショーツと同色のブラジャーと眩いコントラストを作る悩殺ボディ。丸みとくびれの美しい流線型を描くプロポーションは、見事としか形容できないほど美しい。

薄く華奢でありながら、出るべきところはしっかりと出たゴージャスな女体だ。

ごくりと生唾を呑む司を尻目に悠希は、そのしなやかな腕を女体を支えるように後ろ手をつくと、ゆっくりとソファの上に仰向《あおむ》けになった。

「本当は、ゆっくりと時間をかけて相手をその気にさせるものだけれど、私、いけない想像をずっとしながらゲームしていたから興奮しているの。いきなり挿入《はい》ってきてもいいくらいだけど、どうする？」

ソファに投げ出された女体に、司はごくりと生唾を呑み込むと、首にぶら下げていたネクタイを大きく緩めた。

Yシャツのボタンを大急ぎで外し、上半身裸になり、司は床に跪《ひざまず》いて、両手をそっと純白の太ももの上に置いた。
「悠希先生……」
「あん。先生と呼ばれて触られるの興奮しちゃう。生徒といけないことをしている気にさせられるわ……」
つるすべの太ももをゆっくりと撫でさすりながら、その触り心地を堪能《たんのう》していく。
見た目にはぴっちりとしていながらも触れてみると、パン生地のようにふわつるで
ほこほこしている上に、少し指に力を加えるだけでふにょんと窪《くぼ》んでいく。それでい
て心地よく反発もしてくるのだから、たまらない。
（太ももだけでもこんなに凄いのなら、おっぱいとかお尻とかの触り心地はどんなだ
ろう……）
想像するだけで、射精してしまいそうになるのを司はぎゅっと肛門を締め、ふぅっ
と小さく息を吐いてやり過ごした。
まずは悠希が望む通り、気持ちよくさせてあげることにのみ集中しようと気を引き
締め、その手指を太ももの内側へと這わせた。
ももの上側よりも、内ももの方がよりやわらかく、ぷにぷにとした印象。
「んっ……」と悠希が短い息を吐いて、ぴくんと女体を震わせたから、感度もこちら

の方が高いのだろう。

司は、左右の両手を鉤《かぎ》状に丸め、指の腹で双の内ももをさすっていく。

「うふっ。繊細に触るのね。とても上手……。やっぱり器用なのね」

これほどの美女に褒められてうれしくないはずがない。やはり悠希は、女教師であるだけに褒めるツボを心得ている。

「はんっ……。うっ、っくふぅ……。いやらしい指が、私のももに……。あん、指先が付け根に触れて……。あ、あはぁ……」

自ら何をされているのか口にしながら悠希は、悩ましい吐息を漏らし続ける。それでいて、はにかむような恥じらうような表情をするのが大人可愛い。

内ももに指を這わせるたび、甘い牝臭《めしゅう》が漂いはじめる。

美教師が自ら告白した通り、イケナイ想像ですでにショーツの中を濡らしていたのであろう。もともとももの間に、司が体を割り込ませたときに、そのことには気が付いていた。その牝《めす》フェロモンが、より濃厚さを増して司の鼻腔から入り込み、脳髄を犯していくのだ。

「先生のエッチな匂いがしてきました。気持ちよくなっているのですね」

「いやん。匂いなんて嗅がないで……。言っちゃいやっ！　ただでさえビッチな誘惑ばかりで恥ずかしいのに……」

「先生がビッチだなんて思いません。ただ癒されたいだけですよね。教師なんてストレスだらけですものね」

端《はた》から見ているだけでも、教師という仕事がストレスだらけであると判る。

そこからひと時でも解放されたいと願うのは、当然の欲求であろう。

目前の美教師も、快楽に浸ることでひと時の癒しを求めているのだ。

何度も悠希が〝澪先輩のお墨付き〟〝秘蔵っ子〟〝保証済み〟と繰り返すことこそ彼女が誰とでも寝るようなビッチとは違う証《あか》しだ。信頼のおける相手にのみ、その身を晒しては、ストレスを癒し、また戦場のような教育の現場に戻るのだろう。

「僕に癒させてください。僕の仕事は先生のような人をサポートすることです」

使命に目覚めたような気分で司はうっとりと囁き、おもむろにその鼻先を股座《またぐら》の中心へと運んだ。

高級そうな下着をこんな風にしていいものかと半ば躊躇《ためら》いつつも、鼻先をそこにめり込ませる。

「んっふ……」

淫《みだ》らな呻《うめ》きがくぐもったのは悠希が右手を自らの唇に運び、鉤状に曲げた人差し指を咥《くわ》えたからだ。

けれど、美教師が太ももを閉ざしたり、抗《あらが》いの声をあげたりする様子はない。

それをいいことに司は、辺りの牝臭をクンクンと吸い込みながら、鼻先をぐりぐりと左右に振動させていく。

黒い薄布が徐々に縦割れにめり込み、陰裂のありかを知らせてくれる。

心なしか船底に黒い濡れジミができつつあるように思えるのは、悠希の蜜汁が滲み出てきているせいか。

「悠希先生のエッチな匂いが強まったような……。ああ、やっぱりお汁が滲み出てい る……」

確認するように指先でもWに窪んだ渠筋をスッとなぞっていく。

「ひうんっ！　ああん、司くんの意地悪……。先生が濡らしているのを見つけて、辱《はずかし》めようというのね……あっ、はうんっ！」

自らの下腹部で何が起きているのか確認しようと、悠希が首を亀のように伸ばした。

眇《すが》められた大きな瞳が妖しく潤《うる》んでいる。

司はその眼の色っぽさをうっとりと仰《あお》ぎ見ながら、今度は口を大きく開けて股座に食らいついた。

上目づかいに、持ち上げられた美教師の首筋ががくんと背後に落ちていくのを確認しながら、薄布ごと唇でつまみあげるように女陰を咥《くわ》え込む。

「ほうぅうっ！」

牝悦《めえつ》を載せた短い咆哮《ほうこう》が、司の耳を心地よく刺激する。興奮に任せ、口をパクパクさせてショーツごと女陰を味わっていく。

甘酸っぱい匂いと塩気の利いた汁味が、舌の上にまとわりつく。

薄布越しとはいえ正真正銘女教師の女陰を味わっているのだと思うと、凄まじい興奮と歓びが湧いてきて、司の脳髄をドロドロに蕩かしてしまう。

どんどん濃くなるフェロモン交じりの牝臭を肺いっぱいに吸いこみ、陶酔の境地を彷徨《さまよ》いながら、ついに司は美教師の腰部にへばりつく黒い薄布のゴム部に指先をくぐらせ、一気にひざ下までずり下げた。

「これが、悠希先生のおま×こ……！」

聴かせるために声にしたのではない。感動のあまりつい声に漏れてしまったというのが、正直なところ。けれど、その声がよほど悠希には恥ずかしかったのだろう、ビクンと女体を震わせて、乙女の如く自らの貌《かお》を両手で覆ってしまった。

「そんな恥ずかしいこと、口にしないで……。先生のおま×こだなんて……」

微かに声が震えている。自ら大胆な誘惑を仕掛けておいて、この恥じらい方はどうだろう。しかし、そのギャップこそがおんな心であり、悠希に教師としての矜持が残されている証しでもある。

「だって、悠希先生のおま×こ、こんなに清楚だから……。なのに、ものすごくいやらしい」

「いやっ、お願いだから、いやらしいとか、言わないで」

「仕方ありません。こんなにすけべなおま×こをしている先生が悪いのです」

ももを閉じて隠したい衝動に駆られるのだろう。びくっ、びっくと下腹部がなおも震えている。けれど、内ももの間に司が陣取っているため、悠希の力では視線から逃れることもできないのだ。

「それにさっきから、すごくいい匂いがしていて……。ムンとした生臭さなのに、どうしてこんなに甘く感じるのでしょう」

再び割れ目に鼻先を近づけ、クンクン鼻を鳴らす。

「いやぁーんッ！」

羞恥《しゅうち》の匂いを嗅がれていると気づいた美教師は、さすがに悲鳴を上げて自らの股間に両手を降ろし、司の顔を遮ろうとした。

いまやクールビューティの面影は微塵《みじん》もなく、恥じらう乙女のそれでしかない。

「ハチミツに近い感じですね。甘くて、上品で。でも酸味が強い。これが、悠希先生の愛液の匂いですよね」

「あん、違うの……。司くんが嗅いでいるのは、汗の匂いよ。愛液とは違う……」

「先生がウソを吐いてはいけません。ばれていますよ。だって、ほら、先生、陰毛の先が滴《しずく》に光って……」

目敏《めざと》く見つけた司に指摘《してき》され、悠希が美貌を愛らしく左右に振った。

「ねえ先生。もっとよく僕に先生のおま×こ見せてください。少し腰を浮かせてくれると、よりはっきり見られます。先生を気持ちよくさせてあげるにも、その方が……」

あえて司が注文を付けると、小さく頤を振りつつも諦めたように悠希が踵《かかと》をソファの端に載せ、ぐいと細腰を持ち上げた。

「いいわ。司くんに見せてあげる……これが……おんなの……悠希の恥ずかしい場所よ」

背中を着いたまま悠希は尻を軽く浮かせ、女陰を司に向けた。

「おお……っ！」

言葉を探したが、結局、形を成さない。照明に照らされた媚教師の股間は、濡れた花弁や膣の風合いを、きらきら眩く見せている。

思いの外《ほか》、濃い茂みの狭間《はざま》で咲き誇る、可憐な大人の花弁は、桃色の綺麗な半円形。膣内はもっと色が濃い。じくじくと濡れた襞《ひだ》まで見え、司は喉の奥でうなる。

眼前に晒された、おんなの秘密。その何もかもを目の当《まあ》たりにして、司は、喉がカラカラに渇いていくのを感じている。

「ああん、そんなに見つめられたら悠希……。恥ずかし……あぁ、ダメぇ！」

司の刺すような視線を、媚教師は女陰でびんびんに感じるらしく、高く掲げられた尻を落ち着かぬ風にもぞもぞさせている。

「あぁ、見つめられて、痺《しび》れてきちゃう……こんなに恥ずかしいのに……っ、司くんの視線が……気持ちいい……」

美貌を紅潮させる悠希は、その凛とした美しさに加え、濃艶《のうえん》な色香を漂わせ、さらに一段上の美しさを纏《まと》うかのよう。

「奥まで……。先生のおま×この奥の方まで見せてください！」

言いながら司は、そよぐ双の陰唇に中指をあてがい、左右にむにゅりと寛《くつろ》げさせた。

「ひっ！　お、奥まで覗かれるのね……」

美貌が羞恥に歪《ゆが》む。刹那《せつな》、膣奥から女汁がどっと溢れ、緩んだ花弁の狭間に、ねっとり筋を引いていく。

「見ているのね？　悠希の女性器……ううん、欲情したおんなの、恥知らずなおま×こを……あぁ、恥ずかしい」

まるで蒸されたかのように美貌を桃色に染めつつも、秘苑を暴く司の不埒《ふらち》な指を妨げようとしない。むしろ、いっそう蜂腰を高く掲げ、肉孔《にくあな》の奥の奥まで晒そうとするのだ。

司の興奮も度を越している。痛みを感じるほど勃起《ぼっき》させていた。禁欲に溜めていたから当然なのだが、にしても肉塊はかちんこちんに張り詰めている。

ごくごく平均的な並のサイズながら、亀頭部はパンパンに張り詰め、赤膨れに艶光《つやびか》りしているはずだ。

「悠希先生、感激です。先生のこんなにいやらしいおま×こを見られるなんて……もう我慢できないっ！」

美教師の媚肉を凝視しつつ、司は自慰をはじめていた。ズボンの上から肉塊を揉《も》み、もどかしい快感を辿っていく。

けれど、ズボン越しではあまりに物足りず、手早くズボンのファスナーを引き下げ、パンツごと床に落とすと、転げ出た先走り汁まみれの肉塊をむぎゅりと握りしめる。

「ぐふぅっ！」

しごかずにいられなかった。肉塊は火のように熱く、しごくたび、鮮烈な快美感に襲われ、嗚咽《おえつ》が漏れるほど。

媚教師の女陰を覗き込みながら手淫するのだ。司にとってこれほど、興奮するシチュエーションはない。

そんな司の恥戯に、悠希が気づいた。

「司くんったら……どうして先生に言ってくれないの？　こんなに辛そうにしていたなんて……。先生がしてあげます……ちゅ……くちゃ……あぁん、火傷《やけど》しそう！」

仰向けになっていた女体が、ソファの上で四つん這いになり、朱唇が司の勃起に近づいた。

軽い口づけが鈴口と交わされると、亀頭部のあちこちにキッスが散らされていく。

男根は我慢汁でベトベトな上に、カリの周囲や裏筋に今日一日の様々な分泌物が付着しているはず。

恐らくは、不潔な苦みや酸味が、どっと悠希の口中に広がっているに違いない。にもかかわらず、悠希は、不快な顔一つ見せないどころか、うっとりとした表情で、亀頭部への濃厚なキスを繰り返してくれる。

「せ、先生！　ぐうぉおおっ！」

雄叫（おたけ）びを振るう司に、悠希は目を閉じて、本格的な口唇愛撫に耽溺（たんでき）していく。片手を勃起に添え、肉幹をしごきながら、唇と舌を十全に使う。

「あふう……司くんのおち×ちん……生徒のおち×ちんを舐めているみたいな気にされてしまう……澪先輩の教え子だからなのね……あぁ、それにしても熱い……硬さも……あぁ、舐めるといっそう盛って……素敵っ！」

完全に上反りしている勃起に、伸ばしたやわらかな舌がねっとりと絡《から》みつく。肉棹の裏に回り、根元から亀頭の穴のすぐ下までを、何度も丁寧に舐め回す。かと思うと、肉えらの張った部分を啄《ついば》むように、窄《すぼ》めた唇がちゅちゅっ、みちゅっと、懇切丁寧に刺激してくる。

司の快感は尋常ではない。なにしろ、ち×ぽで女教師を感じるのは初めてなのだ。

「ぐうぉ、せ、先生……。いいよぉ、ああ、最高過ぎますっ！」

襲い来る凄まじい悦楽に、このままでは司だけが射精してしまいそうな危うさ。慌てて司は腰を引き、媚教師のフェラチオを中断させた。

「僕だけが気持ちよくなるわけにはいきません。悠希先生も気持ちよく……。だから、ソファにもう一度仰向けになって……」

「ダメよ。先生にさせて……。じゃないと司くん、また私のおま×こを悪戯しながらオナニーしちゃうでしょう？」

なおも肉塊を咥えようとする悠希を制し、ならばと司は提案した。

「だったら、先生。仰向けになった僕の頭に跨ってください。先生は僕のち×ぽをお願いします。その間、僕は先生のおま×こを舐め舐めしますから！」

半ばダメ元でプレゼンした司だったが、素直に悠希の頤は縦に振られた。

「互いの性器を舐めあうのね。いやらしいけど、いいわ……。さあ、司くん、ここに仰向けに」

促されるままソファに仰向けになると、おずおずと悠希が司の顔に跨ってくる。

すかさず司は、美教師の脚の付け根に両腕を回し、ぐいと首を持ち上げて悠希の女陰に口を運んだ。

「はうん！　あっ、そんないきなり……あっ、あぁん！」

さらにぐいっと舌を伸ばし、二枚の花びらを舐《ねぶ》り、隘路《あいろ》への扉を容易《たやす》く切り開いた。

ざらついた舌の感触に、股間が艶めかしくひくつく。

「おいしい！　おいしいですよ、悠希先生の蜜！」

「あうっ、ダメっ、ダメぇっ……あぁんっ……くふうっ……あ、あぁ……ダメ。ただでさえ恥ずかしいのだから、そんなに美味しそうに舐めないでぇ」

舌先で敏感な部分をくすぐりながら蜜をすくう司。悠希のしなやかな筋肉がびくびくんと派手な反応を見せるのが愉《たの》しい。

「ふぅー、ふぅー……むぐぅうっ！」

女陰を食《は》んだまま片手をクリトリスに伸ばし、小さな頭を撫でるようにあやしてやる。たまらず艶腰が蠢《うごめ》いた。

「すごいです先生っ。塩っ気がどんどん増してくる！」

はじめはさらさらしていた蜜液が、粘度を増してハチミツの如くトロリと滴《したた》り落ちてくる。

「んふっ、んっ、あ、はぁっ」

舌を丸めさらに牝孔をくつろげ、中から滴る女蜜を舐め啜《すす》る。

「おうっ、あふん！　そんなに舐めないで。ああっ、くふうぅ」

ピチャピチャと奏《かな》でられる恥ずかしい水音に、艶声が妖しく掠《かす》れる。啜り啼いていながらも、肉の悦《よろこ》びは止まらない。

次から次へと押し寄せる凄まじい快楽に悠希は、そこから逃れようとするように、目前の司の勃起を掌に収めた。

「先生が、司くんを気持ちよくしてあげるわ」

悠希が人差し指で灼熱の膨張をなぞるようにくすぐってから、竿先を優しく包み込み、二度三度とやわらかく握り締めてくれる。

司は天に昇らんまでの心地よさに、敏感になった肉棹をドクン、ドクンと脈打たせ、今にも白濁《はくだく》を迸《ほとばし》らせてしまいそうなほどに昂《たかぶ》らせる。

「ああ、悠希先生！　夢みたいです」

逞《たくま》しい生命力を目の当たりにしてか、悠希がさらに奔放になっていく。

「夢じゃないわ。ほら先生の手、感じるでしょう？」

粘り気の強い液を、白魚のような指に絡みつけ、そのヌルつきを利用して、ゆっくりと表皮を引っ張るようにしごいていく。

「ビクビク反応しちゃって……。司くん、可愛いのね……」

包皮が完全に反転し、鮮紅色の亀頭を露出《ろしゅつ》させられる。さらに、余った皮を亀頭に被《かぶ》せるように数回上下されると、多量の先走り汁が竿部分にもヌメりだし、どんどん滑りがよくなっていく。

「気持ちいいです！　先生、最高に気持ちいいっ！」

肉皮ごと指の輪がスライドするたび、筋肉質の臀肉《しりにく》をキュッと引き締める。

熱した鋼のように熱く硬くさせた若茎は、媚教師への一途な思いそのもの。それを悠希は感じるのか、いかにも愛おしそうにやさしくも丁寧にしごいてくれる。

「きゃぁ……！　あふぅっ、あっ、あぁん！」

悠希が甘い嬌声を吹き零したのは、その媚尻に指を食い込ませたからに相違ない。そうでもしなければ、込み上げる射精衝動を堪《こら》えきれないからだ。

さらに、硬くさせた舌先を、熱く濡れそぼる縦割れに突き立てた。

「あぁん、私、膣中《なか》を、生徒に舐められている……。あはぁっ、長い舌に膣中《なか》をほじられちゃうぅぅ……っ！」

込み上げる切ないやるせなさを、悠希も手中の肉棒にぶつけてくる。

「ぐうぉっつっ……せ、せんせい！」

脈動する肉竿に、形のよい朱唇が吸い付いた。

薄い舌にチロチロッと亀頭を舐められては、息継ぎに顔が離れ、前髪を掻《か》き上げている。僅《わず》かなインターバルの後、ついには亀頭部全体が口腔に呑み込まれ、さらに幹の半ばまでを含《ふく》まれる。

「うあぁっ、ぐあああぁぁッ!!」

口腔のぬくもりと、ぬるりとした粘膜の快感に、司が悲鳴のような声をあげた。

「ほふぅっ」

悠希は一度息を継いでから唇をすぼめ、竿の腹を締めつけながら舌先で先端をくすぐってくる。

「ぐううっ、悠希せん、せぃ」

司がうなり声をあげながら下半身を揺すらせた。熱い血液が注ぎ込まれ、傘が一段と膨れ上がる。そんな司の限界を感じ取ったのか、媚教師は、ゆっくりとした口腔ストロークで、そそり勃《た》つ昂りを抽送《ちゅうそう》しはじめた。

「んっ、んふっ……んむぅ……っ　むふんっ！」

肉棒を付け根近くまで呑みこむと、さすがに喉奥を突かれるのだろう。苦しそうに眉根を寄せ、美貌を淫らに歪ませている。目じりに涙を浮かべ、荒い鼻息を室内に響かせる。艶やかな髪が汗でべっとりと額にはりつき、顔が上下するたびに司の太ももをくすぐっていく。

「ぐうううっ……」

肉塊を頬が大きく窪むほどに、きつく吸い上げてくる。チュブッチュブッと淫猥な水音を立て、口奥から引きずり出していく。

「どう？　司くん」

「さ、最高に気持ちいいです」

「うふふ。本当ならうれしいけど……」

悠希が司にやわらかく微笑みかけてから今度は玉袋を口に含んで舌で転がしはじめた。丁寧に睾丸をしゃぶり、袋の皺《しわ》を伸ばすように舌先で舐めあげる。

「うっ！　うぁぁ」

思いもよらぬ媚教師の手練手管に司は思わず悶絶した。くすぐったいような、むず痒いような奇妙な感覚に、白目をむいて身悶えしている。

「司くんのおち×ちん、ピクピクしているわ」

悠希の指摘通り、肉塊が小刻みに痙攣《けいれん》している。その反応は、司の快感の証しと判断し、さらに睾丸愛撫をつづける媚教師。かと思うと、おもむろに舌で裏筋も舐めてくる。陰嚢《いんのう》を口で愛撫しながら肉竿を手でしごく。そのふたつの異なった快感が、司の下腹部で混じり合い、牡獣《おじゅう》が悲鳴をあげた。

「ぐわぁっ、だ、ダメですっ、き、気持ちよすぎて、やばいです……！」

「ごめんね、先生、淫らで……。でも、司くんには、どんどんしてあげたくなるの」

屹立した剛直に、熱心な口淫を繰りかえす。肉幹を手指で擦《こす》りながら、亀頭部を咥え込み、ぢゅぶ、ちゅばっとストロークさせてくる。

恐らくは、司の勃起を女陰に収める瞬間を想像しながら口淫しているのだろう。子宮から熱いものを込み上げさせ、お尻をもじもじさせているのが、その証拠だ。

唾液を口腔に溜めてから、唇の端からつーっと落としながら、熱心に愛情たっぷりに舐め啜り、吸いたててくる。

「すごい……。悠希先生、すごすぎです！」

美教師を気持ちよくさせるはずが、他愛もなく追い詰められ、じっとしていられなくなった司は、その腰をあわただしく動かしてしまう。抽送のピッチが上がり、司は悦楽の最果てへと追い込まれていく。

司は、急《せ》き立てられるようなやるせなさをかろうじて堪え、せめて同時に媚教師を絶頂に追い込もうと逆襲を企《くわだ》てる。

口腔をべったりと淫裂にあてがい、肺いっぱいにぢゅるぢゅると吸い付けた。

「あっ、あっ、あっ、吸っちゃダメっ。そんなに激しく吸っちゃいやぁ……。あ、あ、あ、またお腹の中、舐められてる。あはぁ、気持ちいいっ！」

強烈な刺激に襲われ、弛緩《しかん》と硬直が不規則に起こり、思わず肉棹を吐き出す悠希。

ここぞとばかりに司は、目前でひっそりと咲き誇る牝芯に狙いを定めた。

「ふああんっ、そ、そこは……あっ、あっ、そこ、敏感すぎるの……。んぅうんっ」

悩ましい喘ぎがいっそうオクターブを上げ、細腰がガクガクと痙攣した。同時に、膣内から生臭い本気汁がさらにどっと溢れ、司の顔をベトベトにする。

「うおおっ、イキそうなのですね？　ほら、ほら、ほら、クリトリス気持ちいいでしょう？　かまいませんからこのまま……僕の舌で、悠希先生、イッて……ぶぢゅちゅちゅるるっ！」

首を亀のように伸ばし股間にべったりかぶりつき、息苦しさを感じながらも、ひたすら肉芯を舐め転がす。すると、ピンクの肉芽はさらに充血を増し、舌先で弾《はじ》かれるたび右に左に跳ねまわった。

「あん、もうだめ！　先生、イッちゃうわ！　司くんのお口で、イクぅ〜〜〜っ！」

ついに兆した美教師に、司は、溢れ出す蜜汁を残らず呑み干そうと、再び恥裂に唇を押し当てた。ツンと刺激臭のする蜜汁は、海潮を連想させる。

「ああッ、イクっ、ダメなのっ、イク、イクぅ〜〜っ！」

美麗な女体がビクビクビクンと派手に震え、凄絶にイキ乱れる。なおも司は悠希の恥蜜を、ここぞとばかりに強引に吸った。

ぢゅぶちゅっ、ずびずぶちゅちゅ〜っと、淫らな音と共に喉奥に届く潮の飛沫《しぶき》。司は、けほけほと噎《む》せながらもその場を離れようとしない。

悶えまくる媚教師は、ついに強張らせた喉を天に晒し、四つん這いの背筋をギュンとエビ反らせ、美しい弓を引いた。巨大な絶頂の波に呑み込まれて昇天したのだ。

美しい肉のあちこちを艶やかにひくつかせ、凄まじいイキ様《ざま》を晒す悠希。司は、クールビューティを絶頂に導いた達成感に酔いつつ、自らにも終焉が兆していることに気づいた。

媚教師は、激しくイキ乱れながらもなお司の肉棹を手の中に握りしめ、射精を促すように擦りつけてくるのだ。

「ぐわあああああっ。悠希先生、僕もダメです。先生のイク姿を見せつけられて、僕、もう堪《たま》りません。射精《で》る、射精《で》ちゃううっ！」

情けなく叫びながら込み上げる射精衝動に身を任せる。悠希は絶頂余韻に揺蕩《たゆと》うていながらも、司が果てるのを察知し、やさしく手指で締め付けてくれる。

「先生。ごめんなさい。もう我慢できない。射精《イ》くぅっ！」

肉傘をめいっぱい膨れあがらせた男根が、悠希の掌の中で爆発した。溜まりに溜まった濃厚な液が盛大に噴きあがり、媚教師の白魚のような手指をドロドロに穢《よご》す。

「ううううっ」

初弾を放った肉塊をなおもビクンビクンとせわしく跳ねさせ、二弾目、三弾目を放っていく。

「あぁっ、せ、ん、せ、いっ！」

やさしく握りしめてくれる悠希の掌。心地よい締め付けにビクンと勃起をひくつかせては、大量の精子を放出した。

「こんなに、いっぱい溜まっていたのね。司くん！」

射精発作がおさまるまで、悠希は肉竿をさすりつづけてくれた。教師らしく、生徒を優しく介抱するように。

7

「司くん。ごめんね。おま×こ舐められて、私、イッちゃったわ……こんなにふしだらな教師では、司くんの理想に程遠いわね……」

悠希の雌豹のポーズはとうに頽《くずお》れ、司の上にうつ伏せにその身を横たえている。

司とは頭を逆向きにしているから、彼女の表情は窺えないが、その声には羞恥の色がたっぷりと滲んでいる。

「そんなことありません。先生は僕にとって理想的な女性です。だって、ほら悠希先生の淫らさを目の当たりにして、僕のち×ぽは収まることを知りません。こんなになったの、初めてです！」

その言葉通り、司のイチモツは、夥《おびただ》しい精液を放出したにもかかわらず、いまだカチコチに強張ったままでいる。

司の分身を握りしめたままでいながら悠希は絶頂の余韻に身を浸しているから、そのことに気が付かなかったのだろうか。片やで、それだけ媚教師は、手中に司の勃起を収めていることが自然になってしまったのかもしれない。

「えっ？　ああ、そうね。そうよね。男の人は射精したらそれで終わりのはずだものね。なのに司くん……。うれしい。まだ悠希に反応してくれているなんて……」

うっとりと言いながら手淫が再開される。手指に付着した精液を潤滑油《じゅんかつゆ》にゆったりと肉皮を上下させるのだ。

「おううっ！　ダメですよ。悠希先生。そんなことされたら、今度こそ先生を襲ってしまいます、ただでさえ、挿入《い》れたくてうずうずしているのですよ……」

冗談めかした観測気球。本音はセックスしたいと求愛したいのだが、年下の哀しさで強く出られない分、冗談めかして様子を見る。

「私としたいと思ってくれるの？　司くんより六歳も年上だけど、そういう対象に見てくれる？　私が教師だから？　それともおんなとして魅力があるから？」

体を捩《よじ》るようにして司の方に美貌を向け、じっとこちらの様子を窺っている。

「僕、悠希先生としたいです。すっごく綺麗で、色っぽくて、それにものすごくエロくって……。その上に女教師だなんて、僕にとって最高の存在です！」

「うふふ。やっぱり教師であることも条件のひとつなのね」

「はい。でも、間違いなく僕は悠希先生をおんなとして見ています。きっと、女教師でなかったとしても悠希先生の魅力にやられていたと……おわぁっ！」

司が本音とも言い訳ともつかぬ思いを吐露《とろ》しているところを、またしても悠希が勃起に手指をスライドさせる。

「じゃあ、セックスしようよ。悠希の膣中《なか》に司くんの逞しいおち×ちんを挿入《い》れて欲しい……。ううん。それだけじゃない。私のこといっぱい触って欲しい。私も司くんにいっぱい触れていたい」

「それって、ただセックスしたいってことではなさそうですね……？」

司としては、悠希が本当に何を求めているのかを知りたかった。

手淫を中断させ、ぐいと女体を引っ張り、美貌をこちらに向けさせる。

この方が、悠希の望みを読み取れるからだ。

「あん……。意外と強引なのね。でも、そういうのもいいかも……。私自身、よく判らないわ。そうねえ。挿《い》入れて欲しいのは確かよ。充たされたいのだもの……。でも、それ以上にくっついていたいの。温もりが欲しいのよ……」

美しい瞳の奥を覗き込んだお陰で、なんとなく彼女が言わんとしていることが判る気がした。

「判りました。ゆったりとしたセックスで、穏《おだ》やかに満たされたいのですね。うまくできるかなあ……。先生の膣内《なか》に挿入したら、すぐに動かしてしまいたくなりそうだけど……。ああ、そうだ。じゃあ、この体勢で結ばれましょう。先生から僕の上に跨ってください」

司はソファの上に両足を投げ出すように座り、大きく両手を広げた。

「私から司くんを迎え挿《い》入れるの？　跨ればいいのね？」

またしてもふしだらなことをしてしまうとの自覚が悠希にはあるのだろう。声はか細く自信無さげであり、美貌は真っ赤に紅潮している。それでも媚教師は大胆に司の太ももの上を跨いで中腰になる。

司は悠希の手を取ると、指を組み合わせるようにして繋《つな》ぎ、その軽い体重を支えた。

「こ、このままセックスしちゃうわよ。いいのね？」

「僕は悠希先生としたい！　美しくて、すごくエロ可愛い先生と！」

「ああん。エロ可愛いだなんて、そんな……。私は君より年上なのよ」

司の思わぬ褒め言葉が、おんなの頬をさらなる羞恥に染めた。

本気で褒める司に、悠希はよほど恥ずかしくなったと見えて、視線を合わせぬように美貌を俯《うつむ》けている。それが余計にエロ可愛いのだ。

それでいて美教師は空いている右手を下に降ろし、そっと司の分身を摑まえにくる。

「あん。司くんのおち×ちん……さっきよりも硬くなっている……」

つぶやくように囁くと、美教師は自らの腰位置を定め、ゆっくりと落とし、膣の入口に亀頭部をあてがった。

「ああ、当たっている……。先生のおま×こが、僕のち×ぽに！」

そのあまりにもあけすけな言い方に、美教師は耳まで真っ赤にさせた。

「もう……。いやらしい言い方ばかり、ただでさえ恥ずかしいのにぃ……」

そんな悠希の言葉も、ねっとりとした股間の感触に夢中になり耳に入らない。

鼻から出そうなほど精力を持て余しているにもかかわらず、女性と関係を結ぶのは三年ぶりになる。まるで童貞を捨てるかのような気分で、司は自らの肉棒を細かく動かし、まとわりつく粘膜の感触を味わっている。

「すごくヌルヌルしています。温かくて……。ああ、先生、焦《じ》らさずに早くしてください！」

「ああん。司くんったらぁ……。そんなにエッチなことばかり口にせずに、キスをして……。ウソでもいいから好きと言って」

むっちりとした太ももがさらに大きくくつろげられ、さらにゆっくりと蜂腰が降りてきた。

美教師の艶やかな誘いに、司の脳は桃色に染まる。

「ん……ゆ、悠希先生……。好きです。可愛くて、色っぽくて、大好きです！」

体ごと唇を突き出し、やわらかそうな朱唇に重ねた。

先に悠希の舌が司の口中に入ってくる。やわらかな媚教師の舌が司の口中でおずおずと彷徨う。口腔の照れているような恥じらうような動きにシンクロさせて、悠希の艶腰がずずずっと沈められた。

（あっ、来てる……これが悠希先生の入り口。ねっとり熱くて、こりこりしてる）

猛《たけ》った半球が姫口を塞《ふさ》ぐ。粘膜の扉が、司の分身をぬぷんと迎え入れた。

未だ悠希が肉幹を握りしめているから一気に奥まで呑み込まれることはない。けれど、肥大したエラ首までが嵌入《かんにゅう》して、狭い膣道を急速に押し広げている。

「ああっ……！　司くぅん……ん、んんんんっ……」

極めて平均的なイチモツながら、悠希の膣管が予想以上に細く狭いため異物感が半端ないのだろう。まるで処女に浸け込んでいるような狭隘さに、司の方も目を白黒させている。

「あぁ！　久しぶりだからかしら、苦しいくらい中から拡げられているわ……」

しかし、美教師の媚肉は、ひどく柔軟である上に、すでに一度絶頂してすっかりほぐれてもいる。加えて二十九歳の成熟した女体は、十分以上に潤っているのだから、六つ年下の平均サイズくらい、ほとんど苦もなく受け止める。

それどころか異物を受け入れる充溢感と性神経の密集した秘処をエラの張った肉棒に引っかき回され、悠希の全身に悦びが広がっていくようだ。

「あああぁぁぁん！　あぁぁ……っ、はぁぁ……。あはぁぁん！」

あられもなく美教師は奔放な声を大きく漏らした。その艶声に司は、魂を抜かれるような心地で、うっとりと聞き入った。

「あはぁん。凄いの……見た目以上に司くんのおち×ちん、太い！　それに酷く熱くて、悠希のおま×こ溶かされてしまいそう……」

確かに司の肉塊は、サイズは平均的ながらずんぐりとしている。エラ首が返しを利かせるように大きく張っているために、でっぷりとした印象なのだ。

我ながらごつごつしたメイクイーンが連想され、醜悪とさえ思っているが、これが意外にも武器となることがある。

ずんぐりしている分、充溢感を与えられ、返しが利いている分、媚肉をしこたまに引っ掻くことができるのだ。

「先生のおま×こは素晴らしいです。ヌルヌルしていて、温かくて、肉厚がやさしく包んでくれて……。あぁ、それに膣中《なか》で蠢いている」

やがて肉幹を握っていた右手が外れ、司と両手を組み合わせて繋ぎ、倒れそうになるカラダを支えている。

枷《かせ》になっていた手指がなくなったことで、いよいよ媚教師の尻朶《しりたぶ》は深く沈み込み、ずぶずぶずぶと肉塊を膣胴の奥まで導いていく。

「ああ、悠希先生。僕、いま本当に幸せです。こんなに綺麗な女性とセックスしている上に、悠希先生は、僕の大好物の女教師なのですから……。はぁ、もう最高にしあわせすぎて蕩けてしまいそうです」

付け根まで呑み込まれ、みっしりと媚肉に包まれるしあわせ。しかも悠希の媚肉は、ビロードの如き上質な繊細さときめ細かな粒々が肉孔全体に密集した造形で、司の肉塊をやわらかく、ざらざらヌルヌルと包み込んでくる。さらにはマン肉が肉厚な上に、つづら折りに畝《うね》くっていて、ただ浸け込んでいるだけでも司にめくるめく快感を与えてくれるのだ。

「ううっ……すごい！　先生の膣中《なか》、気持ちよすぎです」

「そうなの？　きもちいいの？　本当にそう感じてもらえるなら嬉しい」

悠希は雌芯の違和感に戸惑いながらも、司の唇や鼻先を甘噛《あまが》みして悦びを伝えてくれる。

ずちゅっと蜜漏れの音が響いた。潤みが肉茎を濡らし、さらなる奥にまで導こうとしている。けれど、肉塊はすっかり付け根まで呑み込まれていて、悠希のやわらかな尻朶が司の太ももにべったりとついているため、それ以上の奥には届かない。

「あぁ、奥に当たってる……。もっと司くんが……欲しい。もっと奥に……ねえ、きて！」

求められた司はグッと腰を突き上げるようにして、さらに肉茎を押し込んだ。こりこりとした抵抗が敏感な王冠を包む。

踊るようにひくつく媚教師の繊細な膣襞が、亀頭に与える刺激は強烈だった。

悠希を気持ちよくすることが目的と判っていても、男の本能が蜜孔への抽送を渇望させる。けれど、対面座位の交わりは、彼女の体重もあって、大きく腰を動かすことができない。もどかしいまでの焦燥感に駆られながらも、司の狙いは的中している。

「どうです？　この体位ならくっついていられるでしょう？　お互いに温もりも感じていられますよね……」

「ええ。少し、もどかしいけれど、とっても気持ちがいいわ。それに安心もできる。ゆったりしたスローセックスってこういうことなのね」

実は、司には十二分以上の快感が押し寄せている。こんなはずではなかったと思うほどの悦楽だ。既に一度射精しているから堪えられているが、さもなければあえなく早打ちしていたかもしれないほど悠希の媚肉は具合がいい。いまだって少しでも気を抜けば、高まってしまい射精してしまいそうな危うさを抱えているのだ。

なるべく興奮しすぎぬよう。冷静を保つように、自らに言い聞かせているのだが、念願の女教師を抱いているという想いもあり、ややもするとすぐに昂ってしまう。

「ねえ。キスして……。司くんの熱いキッスが欲しい……」

求められるまま司は、至近距離にある悠希の美貌をあらためてまじまじと見つめた。

（悠希先生、やっぱり綺麗だなあ……。本当に綺麗だ……）

抑えようにも抑えきれぬ激情がまたしても込み上げ、司も我慢できずに悠希の唇に吸い付いた。

瞼《まぶた》を閉じ、半開きにさせた口から荒い息を漏らしている美教師。甘い呼気がそのまま司の鼻腔をくすぐっている。

「ぶちゅっ……。あぁ悠希先生っ。好きです！　大好きです!!」

軽く唇を重ねてからすぐに離れ、また唇を奪う。舌を伸ばし、先生の媚唇をぺろぺろと舐めまわすと、目を閉じたまま悠希も舌を出して、粘膜を絡ませてくる。

「んふん、ん、んぅ……あぁぁん……ほむぅ……くちゅる……ぶちゅちゅっ……あっ、あはぁぁん」

司は舌を絡ませたまま両手を美教師の背中に回し、ブラジャーのホックを探った。

「あん……」

甘い吐息に重なり、ぷっとホックが外れると、痩身にまとわりついていたゴム部分が急速に撓《たわ》み、悠希の胸元を覆うカップが危うい風情でずり落ちていく。

「先生のおっぱい。見せてくださいね」

「見るだけじゃなく、触って……。おっぱいでも司くんを感じさせて欲しい」

愛らしい表情で求めてくれる媚教師に、司の心までが痺れていく。

まろび出た白い肉房にも感動した。

　ブラカップの支えを失っても、容《かたち》を崩さないティアドロップの美しいふくらみは、まるで女教師の慈愛そのものを象徴するよう。

　やさしくも母性を感じさせる上に、司の興奮をひどく誘う。薄茶色の乳輪は全体がふっくらと浮き上がり、乳首は硬く尖っていた。

「じゃあ、お望み通り、触らせてもらいますね！」

　司は嬉々として背中を丸め、そのまま、目の前にある魅力的な胸元にむしゃぶりついてしまう。

「あっ！　きゃぁぁ……。んふぅ、あぁぁん……。んっ、んん〜〜っ」

　対面座位のじれったさをぶつけるように、乳首に吸い付き、唇に挟んでは舌先でまさぐる。右手は反対のふくらみに運び、全体の重みを確かめるようにやわやわと揉み回す。

「あぁぁん……あはぁ、あん……。あ、あぁ……いいわ。感じる。感じちゃうぅっ」

　零れ落ちる嬌声に興奮を煽《あお》られ、舌の動きも手の動きも、少しずつ滑らかにさせていく。けれど決して、強く噛んだり、潰したりはしない。あくまでもやさしく、大切なものを扱うようにあやしていく。

　あくまでも乳房の輪郭をなぞるように乳肌を擦り、揉むときも指先が少し埋まる程度に。舌先も乳輪ごと吸い込むように大きく口を開いて咥えながら、硬く尖った可憐な乳首をぺろぺろと舌の腹で舐めてやる。

指の腹で転がす時も、繊細さを忘れずに、やさしく弄る。

ただでさえ繊細で敏感な所を触らせてもらうのだから、やさしくするのは当然。痛みなど与えては、せっかく気持ちよくさせているのを台無しにしてしまう。

かつて「やさしすぎるのも、もどかしい」と言われたこともあったが、焦らすくらいで丁度いいのだと司なりに解釈している。

おんなの子にはやさしくするものと、母親や二人の姉たちから散々教わってきた名《な》残《ごり》かもしれない。

「あ、あん、ああああああぁぁ……。あはぁ、はぁ、はぁ、はぁ……。あーっ、あん、あ……」

ちゅちゅっと、乳首を吸い上げるときも強くはしない。思いつくままに乳首を弄《もてあそ》びながらも、悠希の反応を確かめつつ悦楽のみ与えることを心掛ける。

司の愛撫に感じてくれている媚教師を「もっと、感じさせたい。もっとむちゃくちゃにしたい」と、司にもそういう衝動がないわけではない。

けれど、どれほど焦《じ》れったくても、どんなに狂おしくとも、司は耐えるつもりでいる。

呼吸を整え、できうる限り心を平静に保ち、込み上げる衝動をやり過ごす。

だからといって、何もしないわけではない。

媚教師のビロードのような背筋に手指を這わせたり、やわらかくも弾力的な乳房をやさしく揉んだり、ちゅちゅっと唇を掠め取ったり、美貌のあちこちを啄むように唇を押し当てたり、愛らしい小さな耳に舌先を抜き挿しさせたりと、思いつく限りを尽くして悠希の魅力を堪能する。

「先生の肌、最高です。すべすべして、きめ細やかで……。どうしてこんなに甘いのでしょう……」

「ああ、先生綺麗だ……。ち×ぽを嵌められて切なそうな表情が、ものすごく色っぽくて官能的です！」

「白くてやわらかなおっぱい。マシュマロみたい。掌に吸い付いてくるようです。それなのにこの反発はどうでしょう……」

「おうっ。悠希先生のおま×こ、こうしてじっとしているだけなのに締め付けてきたり、舐めるように蠢いたり……。ものすごく気持ちいいです」

ただ触れているばかりでなく、誉めそやしたり、時にいやらしく辱めたりと、言葉でも悠希を愛撫していく。

どれくらいそんなふうにして、対面座位で繋がっていただろう。

穏やかで甘い交わりに揺蕩うているはずが、司の勃起は痺れ出し、射精発作の波が何度も押し寄せては引いてを繰り返している。

それでも腰を繰り出すことだけは、懸命に自制する司に、ついに悠希の方が痺れを切らした。

「ねえ。もうダメっ。ダメなの司くん。お願い、もう焦らさないで……。もっと激しくしてほしいの……。司くんお願いよ……」

細腰を揺すらせて、そうおねだりする美教師。己が欲望のためだけに激しくするのは自制していたが、悠希からそう望まれるのであれば、その限りではない。

免罪符《めんざいふ》を手にした司は、ならばとばかりにその背中をやさしく抱きかかえるようにしながら、女体をソファに押し倒していく。

両足を大きく開き、悠希の媚尻の下から抜き取ると、今度は美脚を両脇に抱え込むようにして正常位へと移行した。

「お望み通り激しくしますよ。ただし、この体位だと僕も長くは持ちません。先生も早くイケるように、おま×こに意識を集中させてくださいね……」

司の力強い指示に、悠希が素直に頷いてみせる。

「判ったわ。おま×こに意識を集中させます。ああ、だから司くん、早く激しく突いて」

悠希のいかにも切なげな表情がひどく色っぽい。

しかも、媚教師は大胆にもその美脚を司の腰部に巻き付けたかと思うと、足首を絡めてより密着を高めようとしてくるのだ。

「おおっ！　先生のおま×こが、またキュウッて締まった。いやらしいことをしている自覚があるのですね。じゃあ、このエロま×こ、激しく突きまくりますよ」

「あはぁ、頂戴。司くんの熱い気持ちをぶつけるように……。先生の膣中《なか》に射精《だ》して構わないから……うふぅ……悠希のおま×こ激しく突いて……っ！」

相変わらずの先生口調。それでいて甘えるようなニュアンスも載せ、色っぽいことこの上ない。

蜂腰を軽く浮かせ、まるで膣内の肉塊の位置を直すように、太ももをモジつかせさえする。

お蔭で、やわらかくうねくる膣壁に勃起が擦れ、官能が妖しくさんざめいた。

「うおっ！　先生のエロま×こ、やはり具合がいい。どんどん締め付けが強くなっています！」

たまらず腰を捏《こ》ねると、「あっ、あぁ」っと甘い呻きを吹き零し悠希が身悶える。

「すっかり出来あがっていますね。焼けるほど熱い……。淫らな肉が吸いつくように絡みつきます。これだけこなれてしまえば、激しくされてもイケますよね？」

司の形や硬さに媚肉が馴染み、まるであつらえたようにぴったりと嵌る。それでいてなおキツキツなのは、おんなが熟して間もないからか。

司は二度三度腰を揺すりたてて女肉の味わいを確かめると、そのまま一気に攻めに転じた。大きくうねるように腰を叩きつけ、亀頭から野太い肉茎の根元まで全てを使ったロングストロークで、ぢゅぶッ、ぢゅぶッと肉壺を最奥まで抉《えぐ》りぬくのだ。

組み敷いた司の体の下で、たわわな乳房がリズミカルに揺れる。

「いいっ、あっ、ああっ、いいのぉっ……あぁぁっ……当たっているっ、子宮に切っ先が当たっているの……ふひん！　響いちゃうぅ……ああ、いいっ！」

受精を求め降りてきた子宮に、切っ先をコツコツと当て続ける。

奥底から轟くような喜悦が湧いてくるのだろう。ついに悠希が、本気の発情を露わにする。

凜と張り詰めさせていた教師としての矜持や、若い女性らしい恥じらいを捨て、素のままのおんなとして欲情を晒している。

生徒や父兄などの目に晒され、自分がどう見られているかを常にわきまえたおんなが、司の目の前で己の欲望だけを優先させて淫らな姿を晒すのだ。

「あっ、あんっ……感じるの……感じちゃうの……。ああ、こんなに無防備に感じているの初めてかも……。司くんだからよ。悠希の乱れる姿、見せられるのは……」

告白しながら美教師は、奔放に女体をのたうたせ、ついには細腰を自らも打ち振って、喜悦を貪《むさぼ》りはじめる。

花芯を抉るたび、媚教師の腰の芯で熱の塊りがスパークし、雷撃のような快美感が四肢に散り、脳髄までが灼け痺れる感覚を味わっているのだろう。

二十九歳の成熟した独身おんなが、夫や恋人以外の男に、その官能美の全てを晒す機会などないはず。つまり、この瞬間、司は夫に準ずる存在に昇格できたということだ。何より、それが司にはうれしい。

「んふぅっ、あっ、あぁぁっ……あんっ、あっ、あっ、あぁっ……。素敵っ、こんなにセックスって素敵なものだったかしら……。いいっ。気持ちいいっ……ああ、司くぅ〜〜んっ！」

甘い官能に兆しきった声を吹き零し、美しい女体をのたうたせて身悶える悠希。再び司の太ももに長い下肢を絡み付け、自ら気持ちいいポイントに切っ先が当たるよう引きつけてくる。

「ああっ、こんなに感じてしまうのは、司くんのせいよ……。穏やかで甘いセックスを悠希に覚え込ませたりするから……。お陰ですっかり焦らされて……ああん……こんなふしだらに乱れるのは、恥ずかしくて仕方がないのにぃ……！」

アダルトビデオですらここまで本気で乱れるおんなの姿を司は見たことがない。淫靡であり、猥褻であり、あられもなく、節操もない。にもかかわらず悠希の嬌態は、どこまでも美しく、上品で、神々しささえ感じさせる。

だからこそ、司は怒濤《どとう》の抽送を繰り返さずにいられない。

自らの快感を追いながらも、媚教師を至高の官能美へと昇華させるための抜き挿しを一心不乱に送り込む。

「すごい。すごい。すごい。先生、なんて美しいのでしょう。よがり啼きも、ピンクに染まった女体も、兆しきった表情も……何もかもが美しくって、そしていやらしい！」

司は、悠希の太ももをぐいっと両脇に抱えなおし、その美脚をV字に割り裂くようにして腰を前に突きだした。犯してくれと言わんばかりの格好に拘束された美教師には逃れようもなく、司の責めを受け止める以外術がない。もちろんその行きつく先は明らかだ。

「あうんっ、狂うっ！　気持ちよすぎて、悠希、狂ってしまいそう……ああ、ダメぇっ……これ以上は許してっ、あ、あぁんっ……も、もうこれ以上、先生をふしだらにさせないで……ああっ、しちゃダメぇっ、お願いよっ……」

上気して強張る頬は兆した証し。最も羞ずかしい姿を晒す寸前なのだ。

腰の芯が灼け痺れ、絶頂の大波が立ちあがる気配に美教師の啼き声が啜り泣きへと変化していく。

女体のあちこちに色っぽい痙攣が起きている。これがおんなの極みに向かう階《きざはし》と悠希自身が一番承知しているはずだ。

「ああっ、いやあぁ、悠希、もう、あああぁぁ……あ、あぁ～～っ！」

ぶるんぶるん激しく揺れる乳房を掌に掴まえ、なおも腰を送りこむ。

自制していた強い揉みこみも解除して、思う存分媚巨乳を弄り倒す。

張り詰めたふくらみからも強烈な淫電流が湧き起こり、媚教師は純白の背筋を反らしてよがり啼いた。

「イクのですね。いいですよ。イッてください。もう僕も限界です。一緒にイクから、先生もイッてください。おおおぉぉぉっ！」

ふしだらに乱れまくる悠希に限界が兆したと読み取った司は、濡れた膣口を出入りさせる肉棒の動きを加速させた。

「ああっ、司くん……一緒に射精《イ》くのね。うれしい！　ああん、早く、司くん、早く来てぇ、でないと悠希……ああ、いやん、イク、イクうぅぅ～～っ！」

絶頂の大波に呑み込まれ、長い両脚をガクガクと痙攣させ、背筋を大きくエビに反らして悠希は絶叫した。

「イッて……イクんだ先生っ……！　僕も、ああ、僕もぉぉぉ～～っ！」

美教師のイキ様に見惚《みと》れながら、さらに強靱《きょうじん》な抽送を送り込む司。「もっと、イケッ！」とばかりにズンッと肉竿を勢いよく突き入れた。

すでに臨界に達している女体だから、芯を抉りぬかれるようなトドメの一撃をこらえることはできない。

「ほうううううううぅぅぅ～～……っ！」

汗に濡れた白い喉をさらして仰《の》け反《ぞ》り返る美教師。羞恥の極みを告げる悲鳴をほとばしらせ、弓なりに反りかえった裸身がガクガク慄《ふる》える。

突きあげられた蜂腰に、なおも司がグリグリと捏《こ》ね擦る。

「ぐふううううう。射精《で》るっ。射精《で》るぅぅぅ〜〜っ！」

アクメの硬直とともにキュウッと収縮する女芯に、滾《たぎ》る樹液を噴きこぼした。

「あふううう、熱いぃぃ……司くんの精子、熱いぃ……。ああん、もうこないで、あっ、あぁっ、また来ちゃうっ……イクっ、悠希、またイクぅ〜〜っ」

受精の悦びに、牝本能が刺激され、またしてもエクスタシーの発作に襲われている。

びくびくんと女体が震えるたび、大きな乳房がブルブルブルッと悩ましく揺れまくった。

第二章　人妻教師が放つ媚香

1

「あっ、ああん、また、そんなところばかり舐めて司くんのエッチぃ……」

悠希の内ももの特にやわらかい所に唇を吸い付けさせ、滑らかな肌をレロレロと舐めしゃぶる。

あの晩以来、司は悠希のマンションを夜ごと訪れる仲となっていた。

どんなに仕事で疲れていても、媚教師の女体を求めては、献身的に悦びを与えている。

最低でも、一晩に二度三度と悠希を絶頂させなくては、気が済まない司なのだ。むろん、それを苦に思ったことなどない。

悠希を抱いた夜、正直、これほどの充実感と満足を得られたセックスは初めてだと思った。

ひたすら悠希のことを想い、大切に扱いながら、その性感を探り続けた結果が、あの愛し方になったに過ぎない。

けれど、おんなが蕩けまくるほどの悦びと癒しを与えることができたことが、男としての自信と歓びに繋がることを司は身をもって知った。否。媚教師に身をもって教えられたのだ。

だからこそ司は、その無上の悦びと大いなる満足を求めて、献身的なまでに彼女を求めるのだ。

休みの日などは、一晩中悠希を抱くだけでは飽き足らず、昼夜を徹して成熟した女体を弄んでいる。爛《ただ》れた時間にどっぷりと溺れながらも、子作りに没頭する蜜月は、何物にも代えがたい。

頭の片隅に、澪の存在があり、諦めがたい千鶴への想いも残っている。にもかかわらず、目前の悠希の瑞々しくも豊麗な肢体の前では、他愛もなく一匹の牡獣と化してしまう自分がいる。

悠希は、司が澪のことを思慕《しぼ》し続けていることを知っている。知っていてそのことを話題にすることはない。

確かに、澪のことを気にしている素振りは見せる。カワイイ悋気《りんき》を覗かせながらも、

「澪先輩と司くんが結ばれるなら、私はいつでも身を引くわよ」と、言っている。

そのくせ、「教師の私の方が、こんなすごいセックスを教え込まれて、もう司くんと離れられなくなったわ」と、奔放に身を任せてくれる。

しかも「好きよ」「愛している」と言いながら必ず最後には、その極上の女陰で司の精を搾《しぼ》り取ってくれるのだ。

妊娠させて欲しいと、真顔で懇願してくることさえ珍しくない。

「相変わらず悠希先生のおま×こ美味しくて、いつまででも舐めていられます……」

なおも内ももに口づけしながら、新鮮な肉色をした慎ましい秘め貝をちょんちょんと指先であやしてやる。

昨晩から散々、突きまくり吐精を繰り返した女陰は、さすがに肉ビラが少し型崩れを起こし左右のバランスを崩している。にもかかわらず、その品位は失われていない。

「あうん……あ、はあ……んんっ」

恥じらいつつも悠希は、司の邪魔立てをしないどころか、ソファに四つん這いになったまま美脚を逆V字に、さらに大きくくつろげる。

寝室にある悠希のベッドはシングルサイズで、ふたりが睦《むつ》み合うには狭すぎて、このソファが定番の愛の巣と化している。

「んふぅ……あはん……うぅっ……。ああ、そこ！　そこが気持ちいいっ！」

開かれた股間の中心に、女陰もぱっくりと口を開いている。新鮮なスリットの陰影は深くしなやかで、その内奥からは甘い蜜がプーンと香ってくる。

「先生のおま×こは、いつも甘い香りがします」

何度対面しても興奮をそそられる眺めに、喉がカラカラになる。

「もう！　また見ているのね。悠希の奥まで……」

成熟したおんなの淫靡さが際立《きわだ》つ肉花びらを司は指先で突いた。

「ひうぅっ！」

触れるか触れないかの微妙なタッチにもかかわらず、むくみひとつない太ももをびくりと震わせ、あからさまな痙攣が女体のあちこちを駆け巡る。

「こんなに敏感だと、またすぐにイッちゃいそうですね。僕に舐めさせるの大好きみたい。僕をスケベって言うけど、僕よりも先生の方がずっとスケベですよね？」

嬉々として辱めの言葉を浴びせながら、豊麗な女体をあやしていく。肉体を発情させ通しの悠希だから、悪戯をされて感じてしまうのは当然なのだが、被虐心を煽るとより激しく乱れると気づいてからは、意地悪な言葉ばかり浴びせている。

「好きよ。大好き！　司くんに舐めてもらうの、心待ちにするほど……。恥ずかしいけど、もっとして……っ」

「あぁあ、まだ舐める前から、おま×こ、こんなにヒクつかせて……。こうしてみると、アワビが蠢いているみたいです」

見たままを実況すると、悠希は羞恥に身も世もなく肉体を蝕《むしば》まれ、被虐の奈落に堕《お》ちていく。女教師だけあって、頭脳明晰《めいせき》な分、吹き込まれた言葉がそのまま可視化されてしまうのだろう。

まさしくヒクヒクとアワビの如く陰唇が蠢くのを想像し、凄まじい羞恥に苛《さいな》まれるのだ。

「いやぁん！　司くんの意地悪ぅ……。そんな恥ずかしいこと教えないで……」

身悶える太ももに腕を回し、司はその唇を下腹部へと近づけた。

(辱めるほど悠希先生は乱れる……！)

性格的に羞恥心の強さもあるのだろうが、やはり女教師としての立場が、ここでも影響しているような気がする。

見られることを常に意識している職業柄、その殻を破られると、途端にタガが外れ、地金のような本質が露出してしまうのかもしれない。

多分に、悠希が求める癒しとは、自意識過剰気味の自我から解放されることでもある。他人の目など忘れ、奔放に本来の自分を曝《さら》け出したい欲求があるのだ。

その癒しを与えるために、司は献身的に奉仕をしていく。多少回りくどくとも、じっくりと時間をかけ、なるべく中心より遠くから順に女体を攻略していくのだ。

スローテンポで、少しずつ悠希の官能にさざ波を立て、ゆっくりと性感を目覚めさせて、右肩上がりのより大きな快感を呼び起こしていく。

例えば、即物的に女陰には向かわずに、太ももの付け根をしゃぶりつけ、指では肉丘の恥毛を梳《くしけず》る。そこでも時間をかけ、存分に繊細な毛質を愉しんでから秘丘を指先で揉み込む。陰毛がつっぱり、媚肉がやわらかくひしゃげると、じわっと汁気が内奥から滲んでくるという風に。

「あぁんっ！　うふぅ……ふぅんっ……あっ、ああんっ」

零れ落ちる喘ぎが徐々に甲高さを増していくに従い、頃合いと踏んだ司は、可憐にはみ出した清楚な肉花びらの表面に、指先で円を描いた。

「あああぁっ、あン……んふぅ、ううっ、おぅ、おぉん……」

悠希が鉤状にした右の人差し指を朱唇に押し当てている。漏れ出そうとする啼き声を憚っているのだろう。

コンクリートで覆われたマンションの一室ではあっても、完璧な防音壁ではないだけに、艶めかしい声が隣室に洩れるのが気になるらしい。

指の圧迫を逃れようとするものか、あるいは鋭い喜悦が堪らないのか、悩ましく細腰が揺らめいている。

薄《うっす》らと熟脂肪を載せはじめた媚教師の腹部が、切なげに波打つさまはなんともエロティックだ。

「どうですか。感じます？　気持ちよさそうですよね……。そろそろ激しくしても大丈夫ですよね？」

尋ねながら反応を見極め、たっぷりと悠希の官能を揺さぶっていく。

すると、縦に刻まれた鮮紅色の亀裂から、温かな蜜液が代わりに返事をするようにしとどに溢れた。

「あ、ああっ！　いやん……。こんな恥ずかしい……感じるわ……。恥ずかしいくらい、感じるっ!!」

美教師が快感に身を委ね、背筋をぎゅんとエビ反らせると、肩先の美しさが強調される。釣鐘《つりがね》状に垂《た》れ下がった容《かたち》のよい乳房が、振り子のようにぶるんぶるんと揺れている。

「いい匂いです。甘くて、少し酸味があって……。悠希先生って本当にいい匂いですね！」

恥丘を覆う繊毛に鼻先を埋め、うっとりつぶやいた。

そして、ところかまわずキスの雨を降らせる。

「ううっ、あ、ああん、そ、そんなこと……」

身を捩り、甲高く喘ぎ啼く媚教師。その肉体を味わうように司は舌を這わしていく。

「んん、あ、ああっ、司くんの舌が、いやらしい……そんなに舐めないで……」

チュッチュッと肉びらにキスを注いでから、花びらの一枚を口腔内に迎え入れ、たっぷりと舐めしゃぶる。

もう一枚の花弁をしゃぶりつける頃には、淫裂の内奥から多量の蜜液が垂れ落ちて太ももまで穢している。

「うわあああっ。おま×こ、おもらししたみたいです……。お汁をこんなに垂らしてしまって……。ああ、またソファが汚れてしまう……」

背もたれのないソファに、あえて悠希がシーツを敷くようになったのは、再三ここでいやらしい蜜戯を繰り返し、汚してしまうのを気にしてのこと。

その白いシーツに、媚教師が吹き零した愛液が、またぞろ黒いシミを作っていた。

意地悪な司の言葉責めに、流線型の女体がぶるぶるっと震えた。

「ああ、勘忍して。司くんったら、悠希を苛《いじ》めてばかり……」

英語教師らしからぬ古風な言い回しを口にしながら、なおビクンビクンと女体を派手に震わせる。

司は、媚教師の嬌態に見惚れながら、ついに舌先を硬い筒状に尖らせて、淫裂の内側へと埋没させた。やわらかな肉襞をからめ取りつつ、チロチロと舌先でほぐすのだ。どんなに舌を伸ばしても浅瀬付近を舐め啜るばかりだが、それでも十二分に効果はあった。

「くふううう……あ、あうう……あ、ああぅぅ」

悩ましい女体を激しい悦楽に包まれ、何度も繰りかえし細身を震わせている。

上目遣いに盗み見た美貌は、クールビューティの面影を崩し、妖しく歪んでいた。

「先生のおま×こ、海に口をつけているみたい。まさしく女体の神秘ですね。でも甘味を感じるのはどうしてでしょう……。こんなに美味しいおま×こを毎回頂ける僕はしあわせものです」

うっとりと告げてから、またもや女陰に舞い戻り、小刻みに顔面を振動させる。

「だ、ダメぇ。司くんにお腹の中を舐められているこの感じ……。ああん。カラダが火照《ほて》る。たまらなく、熱いいっ！」

眉を折り曲げ、美しい歯並びをこぼして激烈な羞恥にあえぐ悠希。細身の女性らしく、冷え性気味の女体ながら、いまは体温を急上昇させ、麗《うるわ》しい女体にびっしりと汗を浮かばせて、妖しく濡れ光っている。

「カラダに油を塗《ぬ》ったみたいで色っぽい……。こんなに感じてくれてうれしいです」

元々、器用な司だが、女教師フェチの情熱と観察力も加わって、その技量を冴えさせている。そのせいもあってか、淫戯を施されるたびに悠希の女体も、それまで以上に奔放に応えるようになっている。

ただでさえ二十九歳の肢体は、大人のおんなとしてすっかり成熟し、これからが盛りとばかりに爛漫《らんまん》に咲き誇っている。そこを執拗に責められているのだから、いかなクールビューティであろうとも嬌態を晒さない方がおかしい。

（おんなを開発するって、こういうことを言うのだろうなあ……）

内心ほくそ笑みながら司は、女陰を貪り続ける。いまや司は、一種の躁《そう》状態に近い。あやせばあやすだけ応えてくれる豊饒な肉体に溺れきっていた。

「ほら、ほら。僕にお腹の中を舐められてイッちゃってください。先生が、一番気持ちのいいところ舐めてあげますから……！」

膣奥からトロトロと多量に分泌される蜜液を懸命に舐め取りながら、ねちょねちょになっている粘膜壁を貪り続ける。

頼りない鶏冠《とさか》状の肉花びらが、悩ましくヒクついている。頻繁に内ももがビクン、ビクンと官能味たっぷりに痙攣を起こすのも、絶頂が近づいている証しだろう。

「ううううっ。ああ、ダメぇ……また恥をかいてしまう……。こんなにイカされ通しでは、悠希おかしくなってしまう……！」

「それがお望みでしょう？　気持ちよくなりたいって、言ってましたよね？　どうぞ、いっぱいイッてください。大丈夫、どんなにイキ乱れても、悦びが深まるだけで、おかしくなるなんてことはないですから」

気休めではないが、かといって実のところ司に根拠がある訳ではない。それでも悠希を安心させてやろうと、そんな言葉を吐いた。それでいて、彼女を責める手指や舌戯は、決して休ませようとしない。

「ああ、それでも恥ずかしい……。私、教師なのに……。誰よりも分別が必要なのに……。それなのに悠希がはしたないおんなであると、司くんに明かしている」

「それも大丈夫です。僕は悠希先生が、はしたないって、とうに知っていますから。

でも、それ以上に先生は、最高のおんなです。美しくって、淫らで、しかも女教師だなんて、僕にとってこれ以上はありません！」

「いやぁ……本当に恥ずかしいのにぃ……はしたない上に、淫らだなんて……ああ、でも、気持ちいいっ！　あっ、あぁ、悠希、本当に我慢できないいいいぃ〜ッ！」

兆していると認めているから、余計に留まることは難しい。なにせこれだけのカラダをしているのだから、一度火がつけば燎原《りょうげん》の火《ひ》の如く、燃え尽きるまで消えることはないのだ。

調子に乗った司は、わざと派手な水音を立たせて、ダイナミックに秘唇を舐めしゃぶった。それも会陰部《えいんぶ》からアヌスにかけてまで、たっぷり唾液まみれにして。

「あ、いやあ、お尻はいやぁんっ！　そんな不浄《ふじょう》なところ、舐めないでぇ！」

あわててお尻を左右に揺らし逃れようとする媚教師を、太ももを抱えた腕に力を込め、逃れられなくする。さらに菊座に舌を伸ばし、ねっとりと舐めしゃぶった。

「ああ、そこだめぇ……あ、ああ、変な感じ……。司くん、ゆ、許してっ！」

古風と感じさせる物言いで乱れるのは、ボキャブラリーの多い女教師ならであろうか。けれど、その言葉とは裏腹に、滑らかな背筋をぎゅんと反らせ、むしろ、もっとしてと誘うように、蠱惑を深めるのだ。

菊座を責めながら司の手指は、肉の合わせ目にある敏感性器を探り当てた。

予想通りにツンと充血した肉芽を指先でやさしくすり潰し、その包皮を剥く。

「えっ、あ、あああああああっ！」

性神経の集中する肉芯を嬲《なぶ》られたヴィーナスは、強烈な快感電流をしとどに浴びて、甲高い官能の声を身も世もなく零した。

引き締まったお腹が激しくうねり、全身の筋肉にも艶めいた痙攣が起きている。

物欲しげにパクパクと開け閉めされる膣口から、内部の繊細な媚肉が蠕動《ぜんどう》している様子が見て取れた。ここに肉棒を挿入すると、ものすごく具合よく締め付けてくれることを司は身を以《も》って知っている。

「うふう、ほうううぅぅ……っ」

触れなば落ちんばかりに追い詰められた媚教師は、しきりに甘い鼻声で啜り啼くばかり。

「もう間近みたいですね。ほら、我慢せずに、このままイッちゃいましょう！」

痛いほど疼《うず》く自らの肉棒を無視して、献身的なまでの司の愛撫。悠希のことを愛しく思うからこそ、最後まで追い詰めたくて仕方がない。

自らの手で、舌で、昇り詰めさせなければ気の済まない司は、今度は舌先にクリトリスを捉えた。

ルビーの如き輝きを見せる肉粒を舌先でツンツンと突いたり、舐め転がしてはなぎ倒したり、チューチューと吸いあげたりと、存分に口淫するのだ。

「ああッ……あ、ああッ、もうきちゃう……大きいのがくる……悠希、恥をかく……ああ、イックぅううっ！」

最早、隣人を憚る余裕もなく奔放に絶叫しながら、媚教師がぐぐぐっと痩身を突っ張らせた。

怒涛のアクメに、四つん這いの全身を強く息ませ、女体を硬くさせている。

（すごい、すごい。悠希先生が、イッてる！　こんなに美しくイクおんなの人、AV女優にもいないよ……！）

おんなの悦びを爆発させる悠希を上目づかいで盗み見ながら、司はふたたび花唇へ口腔を移した。

蜜液はぐっと粘りを増し、酸味が強くなっている。いわゆる本気汁というやつだ。

べったりと口をつけると、悠希は前方に頽《くずお》れ、美尻だけを高く掲げて牡《おす》に捧げる形となった。

生贄《いけにえ》となった女陰に、司は急ピッチで舌を蠢かせ、強くずずずっと吸い付ける。すると、くびれた腰部だけが、いやらしくのたうつのだ。

「あ、ああ！　も、もう許してっ……気持ちよすぎて、悠希……。お願い。司くん、お願いだから膣内《なか》に挿入《い》れて……。また、司くんの子種を悠希の子宮に頂戴」

いやらしく腰を波打たせたまま媚教師は、色っぽいおねだりをするのだった。

2

「なんだか僕、緊張しています……」

「あらどうして？　何も緊張することなんてないじゃない……」

やさしく屈託のない笑顔を振り向けられても、司の緊張が和《やわ》らぐことはない。

それもそのはず、司は、河田千鶴のマンションを訪れているのだ。

「ご注文のお届けに上がりました」

先日、久しぶりに司は、千鶴の学校を訪れた。

「まあ、安田くん。何だか顔を見るの久しぶりね。忙しくしていたの？」

悠希のバックアップもあり、大きな注文を進学塾からもらえるようになった司は、その忙しさにかまけて、千鶴のところに中々顔を出すことができずにいた。

相も変わらず千鶴は、若々しくて美しい。

今年三十三歳になる人妻教師は、司の担任をしてくれていた頃からまるで変わっていない。

司が高校を卒業して六年だから、千鶴がそう変わらないのも不思議ではないのかもしれないが、それにしても若々しく二十代半ばと言っても通用するほどだ。

ちょうど澪と同時期に千鶴も結婚をすると聞き、司はダブルの衝撃で酷く落ち込んだ記憶がある。

いまも彼女の前に立つと、甘酸っぱい思いがあの頃のように込み上げるのは、あるいは彼女がそのままの姿でいるからかもしれない。

「お陰様で、仕事が忙しくて……。ちょっと大口の契約《けいやく》を取れたもので」

そう報告すると、千鶴の表情がぱっと明るく輝いた。

司のことをここまで気にかけてくれているのだと思うと、うれしくなってくる。

「そうなんだ。安田くん、頑張っているのね。でも疲れているみたい。あまり頑張りすぎないようにね。ご飯もちゃんと食べなくちゃダメよ。そうだ。お祝いにご馳走してあげようか」

「そんな。千鶴先生に奢ってもらうなんて。本来なら僕の方が先生を接待しなくちゃならない立場ですし……」

「あら、奢るなんて言っていないわよ。ご馳走するのは私の手料理よ。それとも私の料理では不安？」

不安どころか飛び上がるほどうれしい。

「本当ですか？　だったら是非！」

「そんなに期待しないでね」

躍り上がらんばかりによろこぶ司を、千鶴はやさしい微笑で包んでくれた。


司が彼女のマンションを訪ねたのは、その週の土曜日の夜だった。

お呼ばれして手ぶらでは、あまりにも社会人として情けない。だからといって何を持って行くかと、散々迷った末に思い付いたのが花だった。

「あの、これ……」

おずおずとブーケを差し出すと、「まあ！」と、華やいだ笑みが振りまかれる。

生まれて初めて花屋に入ったが、「花を贈られて喜ばない女性はいない」と店員さんにも勧められ、奮発して正解だった。

「気を使わなくてもいいのに……」と言いながらも受け取った花束を嬉しそうに眺める千鶴。この笑顔のためなら何でもできると、改めて司は思った。

居間に案内された途端、いっぱいに漂う美味しそうな匂いに、緊張していたはずの司も腹の虫がグゥと鳴る。

すでに食卓テーブルには所狭しと、うまそうなものが並べられている。

「安田くんの好きなもの聞いておけばよかったわ。好みが判らないから、こんなに作る羽目に……」

はにかむように笑う千鶴は、まるで新妻のよう。

家庭的な妻が作る美味《うま》い食事と軽いお酒。傍《かたわ》らには、憧れの美女がいて、これ以上の幸福はない。

千鶴が自分の妻だったらと思わずあらぬ妄想をしてしまう。

（ベタだけど清楚な千鶴先生が、裸にエプロンとかって、ものすごくエロいかも……。おっぱい大きいしなぁ……）

キッチンに立って手際よく用意をする人妻教師に、ついそんな妄想をしていると、ふいに美貌がこちらを向いて微笑みかけるので慌てた。

「ねえ。安田くんは、何が大好物なの？　次回のためにも聞いておくわ」

何気ない千鶴の質問に、頭に浮かんだのは〝女教師〟の三文字。いやらしい妄想をしていた上に、悠希から「司くんの大好物は女教師だものね」と、ことあるごとにからかわれているため条件反射のようにその答えが浮かんだのだ。けれど、まさかそんな答えを千鶴に返すわけにはいかない。

「カレーライスとか、ハンバーグとか、あとオムライスとかが好きです」

「うふふ。子供が好きなものばかり。安田くん、まだ子供舌なのかしら……。さあ、食べましょうか」

愉しそうに促してくれる千鶴に、「あれ。先生のご主人は？」と聞いてしまった。仕事にでも出ているものと勝手に解釈していたが、ご主人が帰宅するよりも先に箸《はし》をつけるのは申し訳なく思われたのだ。

初対面となるご主人に、身構えていた司だったが、「うん。ちょっと……」と、なんとなく千鶴はその話題には触れられたくない様子。

「かまわないから頂きましょう。せっかくの料理が冷めてしまうわ」

そのセリフに、どことなく冷めたものが感じられ、もしかすると二人は喧嘩でもしているのかと勘ぐった。

もちろん司としては、見知らぬご主人と三人より、先生と二人きりで食事できる方がうれしい。

まずはワインで乾杯しながら、改めて司は目の前の千鶴をまじまじと見つめた。

(ああ、千鶴先生、やっぱり綺麗だ。人妻なのに、透明感があって、清楚な女性って、先生みたいな人を言うのだろうな……)

明らかに薄化粧であるにもかかわらず、彼女の周りだけ総天然色に色づいている。普段着であってもオシャレと感じさせるセンスのよい衣服が、より彼女の美女オーラを増幅させている。

オフホワイトのリブニットカーディガンを素肌に羽織り、下半身にはすっきりとしたシルエットの黒いロングスカートを細腰に巻き付けている。ただそれだけのシンプルなコーディネートなのに、上品さが漂い出ていた。

「たくさん召し上がれ。お口にあえばいいけれど……」

食卓に並べられた料理は、イタリアンが中心。

タコと鯛のカルパッチョ。パルメザンチーズたっぷりのリゾットやチョリソーのパスタに子羊のカツレツ。ニョッキやパスタ、初めて見るトマト料理まで並んでいる。

これだけのものを作るのに、よほどの手間暇がかかることは、料理をしない司にも容易に知れる。

「あれっ？　チーズかと思ったらお豆腐だ。ふーん。でも美味しい！　このトマト料理、なんて言うんですか？」

料理の名前などろくに判らない司は、そのままの疑問を千鶴に向ける。お陰で、会話の接ぎ穂を探さずに済むのだから助かる。

「カプレーゼと言うのよ。本来はチーズを使うものなの。でも、その方がヘルシーでしょう？　水切りをして塩味をつけてあるからお豆腐もチーズみたいになるの。オリーブオイルがかかっているけど、低カロリーなのよ」

女教師らしい口調で説明してくれる千鶴。そんな会話のやり取りが二人には、とてもしっくりくる。

「ふーん。すごくおいしいです。豆腐がチーズに変身していて、コクもあって……。おおっ！　こっちのキノコとなすびの載ったピザ、うまっ！　ミートソースなんですね」

「うふふ。やっぱり男の子はミートソースが好きなのね……」

美味しそうにぱくつく司に、千鶴はワインでほんのり頰を染めながら上機嫌で微笑を振りまいてくれる。

にしても、どうして女子はこんなにもイタリアンが好きなのだろう。

またしても悠希の貌《かお》が思い浮かび、なんとなく浮気でもしているようなやましい気持ちになった。

それもそのはず、いつもの司なら、それこそわき目も振らず食事に集中しているはずが、今夜ばかりはそうもいかない。

千鶴が普通に食事をするだけで、司には官能的に見えてしまうのだ。

頬に落ちてくる髪を、手で後ろに送るようなしぐさをしながら、食べ物を頬張る姿が、どことなくエロティックに思えてならない。

ほろ酔いにはんなりと肌を染めているのも、人妻教師に官能味を添えている。

「うふふ、安田くんったら。そんなにポロポロこぼして。子供みたいよ」

キーネックデザインの襟元から繊細なデコルテラインが覗き見え、清楚に司を誘惑する。

しかも、ただでさえ豊かな胸元が、リブニットカーディガンのやわらかい風合いに、その悩ましいラインを浮き上がらせているから、目のやり場にも困るほど。

内心の動揺をひた隠し、勤めて平静を装おうとするが、視線がどうしてもその胸元に吸い込まれてしまう。

「うわぁっちぃ!!」

口に放り込んだものが、パルメザンチーズたっぷりのリゾットだと理解する前に、司はその場に飛び上がった。

「まあ、大丈夫？　熱過ぎたかしら……」

「うっあぉえ……。ご、ごめんなさい……」

涙目になっている司の傍に、千鶴がタオルを握り締めてやってきた。

「もう、今夜の安田くんは、どこか上《うわ》の空《そら》ね。お料理、口に合わなかった？」

雪の結晶を溶かしたような瞳は、アルコールのせいなのか、露《つゆ》を含んだようにしっとりと濡れている。

「ほら、こんなところに、ごはん粒までつけて……」

口元についたリゾットのごはんの粒を白魚のような中指と親指でやさしく摘《つ》まみ、「ほら」と司に見せてくれる。それを、さも当たり前のように千鶴が自らの口に運ぶ仕草に、司の心臓はバクバクと高鳴った。

自然、司の視線は、至近距離に来た千鶴のリブニットの襟元に吸い込まれた。

襟首より一段深くデコルテに食い込んだキーネックデザインの隙間から、白いブラカップらしきものが覗けるのだ。

優美な身のこなしのなかに、わずかに覗く隙に、そこはかとなく色気が感じられる。

媚びているような下品さは微塵もなく、ほのかに香る上品なセクシーさ。だからこそ、司を心底魅了してやまない。

「も、もう大丈夫です。あまりに先生が昔のまま綺麗すぎるから、つい見とれていました」

半ば冗談っぽく言葉にしたが、紛れもない本心だ。それだけにコーティングしたはずの本音が、真実の響きを持って伝わる。

「まあ。安田くんたら……。やっぱり子供のようでも、大人になったのね……。あの頃のきみは、ただ私のことを熱い視線で追うばかりだったのに」

千鶴のドキリとするようなセリフに、司は素直に驚いた。

「ええっ？」

眼をまん丸くする司に、清楚な美貌がやわらかく微笑んだ。

「気づいていないと思っていた？　そんなわけないじゃない。先生はいつだって君たちのことをちゃんと見ていたんだぞ……。それに、あんなに熱い視線で見つめられていたら……」

ぽっと千鶴が頬を赤らめる理由に、司にも心当たりがあった。

ほとんど緊張感のない昼休み明けの授業でも、独り熱心な眼差しを向けていた司。

自然、千鶴は司に向かって授業を続けることになる。多数に向けた授業の最中でも一対一の濃密な心の対話が成立するのだ。

司の眼差しが学業に対するものばかりではないことを、千鶴は鋭く悟っていたに違いない。

悠希が男子生徒の視線を意識していたように、千鶴もまた司の貼り付くような熱視線をずっと意識していたのだ。

3

「ねえ。あの薔薇《ばら》の花束には、深い意味があるの？　それとも……」

司が手土産に携えてきたのは深紅の薔薇の花束。想い人へのプレゼントならと、何かを勘違いした花屋に勧められた情熱の花束だった。

もちろん司としては、千鶴に対する想いをその花束に密かに込めている。

それも千鶴のことだから、元生徒からの贈り物を無碍《むげ》に断るはずがないと踏んでのこと。しかも、そこは大人の彼女だから、秘められた司の思いになど気づかぬふりをするだろうとまで予測してのいわば確信犯だ。

にもかかわらず、このタイミングでそのことを持ち出されるとは。

「あの……。それはですね。つまり、その通りの意味で……。ずっと先生が好きでした。卒業してからも、僕のこと応援してくれて。ずっとずっと先生のことを好きで、好きでたまらなくて……」

心の奥底にうず高く堆積《たいせき》した千鶴への想い。彼女が担任教師として目の前に現れてからずっと募らせた想いだから、間もなく十年近くになる。

彼女が人妻となった時、この想いを吐き出すことなどないと思っていた。それがいざ、ひょんなことから吐露させてしまうと、言葉があふれ出して止まらなくなっていた。

「先生は人妻になってしまったのだから——と、それを理由に想いに封印をして。ホントのところは、生徒だった自分など相手にされるはずがないと……。意気地なしの自分を認められなくて。振られるのが怖くって。そんなことになったらもう先生に近づくこともできなくなりそうで……」

息が切れる。ひどく喉がカラカラになっている。それでも司は、なおも独白を続ける。

「でも、もう僕は子供ではないのだし、いつまでも生徒のままでは……。先生が人妻であることは判っています。それでも僕が先生のことを好きなことに変わりはない。先生を恋人にしたい。先生を抱き締めたくて仕方がないのです」

もうひとりの担任教師、澪への想いもあるのは確かだ。悠希に対する感情も、自分では愛であると感じている。

それでいて千鶴への想いも諦めきれずにいる自分を、都合がよくて自分勝手であると痛いほど承知している。

けれど、どうせ振られるのだから全て吐き出してしまおうと、半ばやけのような思いもある。思慮深く理知的な千鶴は、女教師であり、しかも人妻なのだ。いくら司が駄々をこねようと、受け入れてもらえるはずがない。

「正直に白状すると、僕、最近、恋人のような関係になった女性がいます。その女性も教師をしていて、僕より六つ年上で……。ただ、本当に恋人なのか、互いを癒しあう関係なのか微妙なところで……」

いま司は、頭で考えて言葉にしていない。滾々《こんこん》と湧き上がる想いをそのまま口にしている。いわば心の声そのものだ。

頭を通過させていないから自分でも何を話そうとしているのか判らなくなりかけている。それでも言葉が止まらない。かつて、自分がここまで饒舌になったことなどあったであろうかと思ったほど。

「もっと言ってしまえば、実は僕が年上のおんなの人に……。教師にばかり惹かれるようになったはじまりが中学の時の担任の先生で……。その先生ともこの間、久しぶりに再会して。で、ものすごくドキドキして。でも、僕の心には、千鶴先生が棲んでいて……」

我ながらバカなことを口走っている自覚がある。振られることは確定。これほど自己中心的で、一方的な告白など受け入れられるはずがない。

「あーもう、頭の中ぐちゃぐちゃです。すみません。とにかく、僕は千鶴先生が好きで、好きでたまりません。年が離れていようと、元は生徒と教師であろうと、それでも好きなものは好きなのです！　以上」

愛の告白というよりは、自らの邪な想いを全て白状した気分だった。

女教師フェチであることが罪であるとは思わないが、千鶴のことを淫らな目で見ていたことは確かであり、それはそれで贖罪を求めるべきことなのかもしれない。

「すみません。なんだか一方的にまくし立てて。ついでにずっと先生をエッチな目で見ていたことも謝ります」

ウソ偽りのない言葉ながら、あまりにも明け透けに過ぎたのも確かだ。けれど、お陰でどこかすっきりした気分になっていた。

「と、いうことで、このまま食事をご馳走になるのもいたたまれないので、僕、これで退散します。こんなにご馳走を拵《こしら》えてもらったのに、すみませんでした」

立ち上がり深々と千鶴に向かって頭を下げ、司はその言葉通りその場を退散しようとした。

「待って。ちょっと待ちなさい。何よ一方的に。私の返事も聴かないつもり？　だいたい好きなものは好きなのです、以上。ってなに？　ついでにって何なのよ！　バカにされているみたい。真剣な顔をしていたからウソは吐いていないと判るけど。それにしても何なの？」

本気で千鶴が怒っている。先生のそんな貌を見るのは、学生の時以来だ。

確かに勝手な想いをぶつけておいて、「それじゃあ……」はないだろう。「バカにしているのか」と罵られるのも仕方がない。

間違いなく千鶴には、怒る権利がある。しかも、自分は彼女の元生徒なのだから、きちんと説教に耳を傾けなくてはならない。

「あ、すみません。確かに、失礼なことを……。叱られるのも当然です」

ここはしおらしく、きちんと叱られようと腹を決め、司は千鶴に向き直った。

小柄な千鶴とは、頭一つ以上の身長差がある。自然、司が見下ろすことになるのだが、叱られているときに、それは酷く塩梅が悪い。

そう気づいた司は、背中を丸め、極力縮こまって千鶴に相対した。

「もう、安田くんたらあ……」

そんな司の様子が余程おかしかったのか、人妻教師が唐突にぷっと吹き出した。

「ずるいわ。きみって高校生の頃から全然変わらないのだもの……。叱られる時はいつもそう。そんな顔をして、申し訳なさそうに背中を丸めて……」

クスクス笑う千鶴に、司はそっと詰めていた息を小さく吐いた。

（ああ、やっぱり千鶴先生、綺麗だ……。惚れ直してしまいそう……）

あんなに怒っていたのに、次の瞬間にはもうやわらかく笑っている。そんなくるくると目まぐるしく変わる豊かな表情が彼女の魅力だ。

にしても、司は何を言えばいいのか判らない。蒸し返してまた怒られる愚は犯したくない。かといってこのまま退散するのもどうかと思う。

仕方がなく、さらに神妙な面持ちで千鶴の出方を待つ。その司を見て、余計千鶴は笑うのだ。

「もう安田くん。なんて顔をしているの？　やっぱり君はカワイイかも……」

これまで面と向かって司のことを「カワイイ」と言ったのは悠希一人だけ。千鶴でようやく二人目だ。

イケメンというほどではなく、不細工というほどでもない。大男でもなければ、小男でもなかろう。

太りはしていないが、サッカーに明け暮れた学生の頃ほど引き締まってもいない。

要するに、これといった特徴のないどこにでもいそうな青年なのだ。

しかも、千鶴の吐いたセリフには、どういう訳か〝やっぱり〟と冠が付いていた。

つまりは、唐突に今感じたことではなく、過去にもそう思ったことのあるようなニュアンスなのだ。

憧れの美熟教師にそう思われることをうれしくないと言えばウソになるが、一人の男として見てもらえていないようにも思え、ちょっと複雑な気持ちがした。

「それで……。安田司くん。先生をエッチな目で見ていたって、例えばどんなふうに？」

突然、千鶴が表情を変え、そう問いかけてきた。

何かたくらんでいるような、それでいて少しはにかんでいるような、恥じらうような。旺盛な好奇心を刺激されている時の目の色も浮かべている。いずれにしろ、先ほどまでの怒りの表情とは程遠い貌をしていた。

にしても、司としては甚《はなは》だしく返答に窮する質問だ。

本当のことを言っても叱られそうだし、だからといっていまさら言い逃れもできそうにない。

「いいわよ。安田司くん。先生もう怒らないから、ちゃんと白状して……」

あえて〝白状〟と言ったのだろう。ますます千鶴のたくらむ表情に磨きがかかる。瞳をキラキラさせ頬を少し紅潮させて、口元には笑みを浮かべているのだ。いつもより美貌が冴えているようにも見える。そのハッとするほどの美しさに見惚れながらも、この千鶴には全てを見透かされそうに思え、洗いざらい白状するしかないと悟った。

安田司くんと殊更にフルネームで呼ばれているのも、先生に呑《の》まれた要因のひとつだろう。

ふーっと息を長く吐いて、まっすぐに千鶴の大きな瞳に向き合う。星の欠片《かけら》をちりばめたような濁りのない瞳に、吸い込まれそうと思いながら、司は口を開いた。

「いろいろとエッチな妄想です。先生にふしだらな悪戯を仕掛けたり、逆に先生にしてもらったりとか、飛び切り淫らなやつ……」

「例えば具体的に、どういうことを妄想するの？」

相変わらずの近距離で正面に立ち、上目遣いのような目線で興味津々《しんしん》に訊《き》いてくる千鶴。司は、具体的にと問われ、背筋に汗が噴き出すのを感じた。

嫌われるか、叱られるか、それとも軽蔑されるか。けれど、既にあれだけの自分勝手な告白をして、司の方から全てぶち壊しにしているのだ。自業自得と半ば諦め、半ばやけ気味に司は腹を括った。

「それは……。高校生の頃は童貞だから判らないことだらけで。だから先生にフェラしてもらったらどんなだろうとか、初めてを先生にやさしく教わりたいとか、そんなことばかり。具体的にといわれても……。ああ、レオタード姿の先生を触りまくるとかよく妄想していたなあ……」

甘酸っぱくも情けない、イタイ思い出。それを口にするのは、かなり恥ずかしい。

「そういうのって、私のことを見ながら？　授業中とかにでも妄想していたりするもの？　授業中に、お尻とかに視線を感じることはあるけれど……」

千鶴は近くの椅子を寄せ、何気に司の側《そば》に腰かける。掌で他の椅子を指し、司にも座るように促してくる。

相変わらず人妻教師の瞳は、悪戯っぽくもあり、好奇心旺盛でもある。

「ええ。僕の場合は先生のお尻とか、おっぱいを見ながらボーッと……」

あえて「僕の場合は」と限定したのは、司以外の男子生徒が千鶴のお尻を見ているからといって、千鶴との淫らな行為を妄想しているとは限らないからだ。千鶴の見事なお尻に見惚れながら、他の女子との行為を妄想している場合も多々ある。男の脳とはそういうものだ。

「ふーん。やっぱり男の子ってそういうものなのね……。じゃあ、もう童貞ではなくなった司くんは、いまの私にどういう妄想を抱くの？」

応えているうちに司は、もしかすると先生は、男子生徒の妄想というものに興味があるのかと思いはじめていた。女教師らしい興味であり、熱心な先生である千鶴らしいと思ったのだ。けれど、いまの新たな千鶴の質問で、そうではないと知れた。

先生の真意はどうあれ、司としては素直に白状するしかなす術《すべ》はないのだが。

「それはその……。あまり高校生の頃から進化してないと言いますか……。先生にフエラチオしてもらったり、パイ擦りしてもらったりとか……」

思い出す脳の働きと、妄想をする脳の動きとは似ている。

この場合、思い出そうとすることは、そのまま頭の中にある千鶴に対する赤裸々な願望を思い浮かべることであり、つまりはまたぞろ妄想をすることなのだ。それも当の本人に尋ねられて、さらに妄想を繰り広げるのだからひどく倒錯している。

「さっきなんかは、ベタに裸にエプロンを着けた先生とイチャイチャするところとかを……。でも、やっぱり一番妄想するのは、先生とセックスすることで。先生のおっぱいに顔を埋めながら、おま×こを突きまくりたいとか、先生を相手に一晩中セックスし続けることとか……」

「きゃあ。もう判ったわ。恥ずかしいから、もうそこまでで十分。つまり、司くんは、その……。私のカラダに今でも興味があるということよね？」

何の念押しかは知らないが、司は小さく縦に首を振った。恐らく、あまりに当たり前のことを訊かれ、キョトンとしたような顔をしていると思う。

「その司くんのズボンの前が痛々しいくらいに膨らんでいるのは、いまもそんな妄想をしながら応えてくれていたってこと？」

言われてようやく自分が勃起させていることに気づく始末。けれど、今さらそれを隠しても仕方がない。ここでも素直に司は首を縦に振った。

「それは、かつての私にではなく、いまの私に反応してくれているの？」

知的であったはずの千鶴の瞳が、心なしか潤んでいるように映る。

魅入られるように司は、うんと首を縦に振った。

「白状した通り、僕はずっと先生のことを見ていました。高校生の頃からずっと。そして、いまも。妄想で過去とか現在とか意識していないけど、少なくともいまはあの頃の先生を妄想するわけではなく、今現在の先生を……」

何だかうまく言えていないような気がしてまだるっこしい。なぜだか判らないが、徐々に千鶴の瞳がじっとりと潤んでいくから、余計に司は焦ってしまい、うまく言葉にならないのだ。

いつの間にか「安田くん」から「司くん」と呼ばれていることも意識され、徐々に司の心臓がバクバクいいはじめるのも妨げとなっている。

「だったら……。あのね。司くん……。その妄想と同じことをしてみる？」

決定的な一言を向けられ、心臓がズキュンと悲鳴を上げた。そのまま口から飛び出しそうなほど早鐘を打っている。

「それって、先生が僕に身を任せてくれるってことですか？　僕とセックスしてもいいってこと？」

焦るあまり即物的な言葉しか出てこない。まるで高校生の頃に戻ったようで、ボキャブラリーまで退化している。

「先生におんなとしての自信を取り戻させて欲しいの。あのころと同じ熱い目で見つめてくれる司くんなら、先生にもう一度自信を取り戻させてくれると思うの……」

千鶴が自信を失っている理由に、なんとなく司は思い当たった。

夫の帰りを待つことなく、食事に手を付けたのは、そういうことなのだろう。

「先生、ご主人と……？」

「あの人とはもう……。外におんなをつくり、もう半年も帰らないの……。二年ほど前から夫婦としてはすっかり冷え切っていて。それももう終わりにしたいの。その踏ん切りを司くんにつけさせて欲しい」

夫婦のことは夫婦にしか判らない。にしても、これほど魅力的な女性を妻にして、なぜ外におんななど作らなければならぬのか、まるで司には理解できない。

「許せない！　先生を不幸な目にあわせるなんて。僕の先生に悲しい想いをさせるなんてありえない！」

千鶴がしあわせにしているなら諦めもつく。切ない想いを我慢するのは、千鶴のしあわせこそが第一義だからだ。千鶴のしあわせを守ることが司にとって一番大切なことと、自らに言い聞かせていたことなのだ。

その大前提が知らぬ間に崩れていた。本気で司が怒るのも当然だ。千鶴を悲しい目にあわせる奴は、何人であろうとも司にとって敵に違いない。

司にとって千鶴とは、無条件にそういう存在なのだ。

「許さない。絶対に許さない。僕が先生をしあわせにしたかったのに！　ずっとそう望んできたのに。その権利を放棄する奴がいるなんて!!」

怒りの矛先をどこにぶつければいいのか判らないまま憤慨《ふんがい》しまくる司に、やわらかな女体がふいにしがみついてきた。

「ありがとう。司くん。そんなに本気で怒ってくれて！　私が悪いのかもしれないのに……」

「夫婦のことなのですから、先生だけが一方的に悪いなんてことあり得ません。もし万に一つ、先生に落ち度があったとしても、そんなこと僕には関係ないです。何があろうとも僕は、無条件に先生の味方です！」

格好をつけるつもりも、いい顔をするつもりもない。

言い古した言葉ながら、例え全世界を敵に回しても、司は千鶴の味方をするつもりだ。その司の本気度が、千鶴にも伝わったらしく、その瞳にはうっすら涙を浮かべている。

「ありがとう。司くん。本当にありがとう。その言葉だけでも、先生、自信を取り戻せそう……。いいわ。これで本当に気持ちが決まったわ。先生を……。千鶴を司くんのおんなにしてください」

頬を紅潮させ、うっとりと見つめてくる千鶴は、すでに司のおんなそのもの。触れなば堕ちん風情で、なおも司にすがりついてくる。

「いいのですね？　本当に僕のおんなにしちゃいますよ。そんな亭主に千鶴先生を任せられるはずがない。僕が先生を奪います！」

雄々しく宣言した司は、すがりつく女体をひょいとお姫様抱っこした。

「きゃぁっ！　つ、司くん？」

向かう先は、言わずと知れた夫婦の寝室。そこで千鶴を抱いてこそ、ダメ夫から彼女を奪う証しになると司には思えた。

4

「そこ。その左側の扉が寝室よ……」

千鶴に教えられ夫婦の寝室へと移動すると、ふたつのセミダブルベッドが並べられていた。

そのうちの一方にやさしく女体をうつ伏せに横たえさせると、すぐさま司もその隣に添い寝する。

いま正に、かつての教え子の淫らな愛撫を受けると決心した女教師がここにいる。司の物になると言ってくれた千鶴の恥ずかしそうな、照れくさそうな、そんな顔を初めて見る。

「ああ、千鶴先生……」

感極まった司は、雄叫びを上げて女体をきつく抱きしめた。

肉感的なカラダが、すっぽりと腕の中におさまる。小柄ながらもトランジスタグラマーそのものの肉体は、骨がないのでは、と思えるくらいしなやかでやわらかい。

その柔軟性は、新体操によって培《つちか》われたものであろうか。その消え入りそうな儚《はかな》い抱き心地が、激情をさらに煽り、つい腕に力がこもる。

「あん！」

愛らしい悲鳴のような喘ぎをあげた唇に、司は強引に貪りついた。

一瞬、驚いたように目を見開いた人妻教師も、あえかに唇を開き、司の求めに応えてくれる。

（なんてなめらかな唇……。花びらを吸っているみたいだ……）

互いの口粘膜が擦れあうと、ピチャピチャと唾液音が、静かな寝室に響き渡る。

薄化粧な桜唇を掠め取っては離れ、またくっつける。

「ん、ふ……。あん……ん……クチュ」

片手をそっと千鶴の頭に添え、引き付けるように口づけしていく。

何度か啄んだのちに、舌を温かな口腔の中につるんと割り込ませ、唇の裏をぬるんと舐め取る。

通じ合った口の中へ、司の涎《よだれ》を流し込む。それを千鶴は当たり前のように、こくんと嚥下《えんげ》してくれる。

人妻教師の呼気が司の頬を滑り、甘美なやわらかさが舌腹に触れる。やさしい味が、司の甘酸っぱくも懐かしい想いを刺激して、さらなる興奮へと誘ってくれる。

「あのシャイだった司くんが、こんなに男らしく私を愛してくれるなんて……」

千鶴としては教え子の成長に目を見張る想いなのかもしれない。

どんなことをすれば、かつての担任教師を自らのおんなにするという熱意が伝わるのだろう。

もちろん、熱烈な想いは込めていても、決して粗暴に扱いはしない。万が一、千鶴が振りほどこうとしたなら、おんなの力でも容易に振りほどける程度に手を添えているだけだ。

とはいえ、あれほど恋い焦がれた女性を前にしては、夢中になりすぎて正気を失いそうになる。だがそこで、悠希を癒すために覚えた自制が役立った。ともかく、紳士然と女性をやさしく扱うことが、司が自らに課した振る舞いなのだ。

「んふぅ……。司くん、とっても甘いキスをするのね……。キスだけでカラダが蕩けだしてしまいそう……」

「甘いのは、先生の唇の方です。ものすごくやわらかくて、甘い匂いがして、花びらを吸っているみたいです……」

うっとりと囁いてから再び桜唇に舞い戻り、くちゅくちゅと甘い水音を千鶴の口の中で生み出していく。自らの舌を人妻教師の舌に絡みつけ、やわらかに吸い上げる。司がどれほど強く千鶴を欲しているかを、キスで伝えるつもりだ。

「ん、ふっ……ほぅん……チュチュるるっ……。つか……さ……くぅ……ん……」

蕩けそうな声で名前を囁いてくれる千鶴。それだけで司は、耳からも官能に浸っていく。

「あん……司くん、なんてキスが上手なの……。腰のあたりが痺れてきちゃうわ」

何度も何度も桜唇を愛玩《あいがん》する司に、久しく感じていなかったおんなの至福がゴージャスボディを痺れさせる。蜂腰がくねくねと左右に揺らめき、時折、太ももを持ち上げるようにして、ものの付け根をモジつかせているのがその証し。

ムンと甘い臭気が純白の皮下から立ち昇りはじめているのも、人妻教師の発情を示すもう一つの証拠だ。

「いやだわ。私、キスだけで、こんなにカラダを火照らせている……。年下のきみにリードされてしまって……」

年上のおんなの矜持か、はたまた教えることになれた女教師ゆえの性《さが》なのか、年若い元教え子に官能へと誘われることに戸惑いと羞恥を感じるらしい。

「嘘みたいです。憧れの先生にキスしているなんて。それも僕にキスされて先生がカラダを火照らせているのですから……。あんまり昂りすぎて鼻から精液が出ちゃいそうです！」

冷静を装っていても本当は興奮していることをあえて伝える。千鶴に夢中になっていると知らせることが、彼女におんなとしての自信を取り戻させる手段と心得ているからだ。

いま、耳までがひどく熱い。おそらく茹蛸《ゆでだこ》のように紅潮しているのであろうし、吐き出す灼熱の息にも深い情熱を載せている。そんな司の姿が、千鶴を輝かせるエネルギーとなるのだから、これ以上の本望はない。

「先生の唇って、形も色もものすごく綺麗で、僕はずっとこの唇に触れてみたかった。しかも、想像していた以上に、ふっくらとやわらかい上に、ものすごく甘くて……。僕、中毒になりそうです！」

「あぁっ、そんな、こと……ん、むっ、ふぐぅ……っ」

荒く鼻で息をしながら再び舌を、人妻教師の口腔内に忍び込ませる。千鶴の舌を求め右へ左へと彷徨《さまよ》わせると、薄い舌が熱く出迎えてくれる。

ふっくらした舌腹が、司の舌にやさしく擦りつけられた。

やがて絡まりあった舌が互いの口腔を行き来し、あふれ出した涎が口の端から透明な糸を引いて垂れ落ちていく。

「んふぅ、こんなに熱いキスをするのも久しぶり……」

うっとりとした表情で千鶴が囁いた。

夫婦の仲は二年ほど前から冷えていると千鶴は言った。ならば、もう二年以上もこのトランジスタグラマーは放っておかれたということか。

唇にさえ触れられることなく、寂しさを募らせてきたのだろう。だからこそ、司は余計に千鶴が、愛おしくさらに情熱的に口づけを繰り返す。

「ふうんっ、うぅっ、ほぉぅ……っ」

唇の形が変形し、歪み、擦れあい、ねじれていく。

目も眩むような情熱的な口づけで、千鶴の頭の中を真っ白にさせるつもりだ。おんなの本能を呼び覚まし、官能を揺り起こすのだ。

その成果が表れたのか、いつの間にか人妻教師は、司の太ももを股間に挟み込み、火照りはじめた媚肉をさりげなく擦りつけている。

「ふおん、はあああっ、ふむむむっ」

息継ぎのために離れる暇さえ惜しいと思えるくらいに唇を合わせ、舌をもつれさせずにいられない。

司は手指を鉤状に丸め、千鶴の漆黒の髪の中を彷徨わせていく。滑らかで、やわらかい髪質を味わいながら愛しげにかき乱す。

ひたすら甘い息苦しさの中で、時間さえもがその流れを遅くするようだ。

どれほど千鶴の唾液を啜ったことか。ようやく離れたときには、混ざりあった二人の唾液で、ルージュがべっとりとふやけているほどだった。

「千鶴先生……」

「あぁっ。司くん、キスってこんなに素敵だったかしら……。キスだけでこんなにしあわせな気分になれるなんて……」

そうつぶやくと千鶴は、名残を惜しむかのように司の上唇を、上下の唇で挟み、甘くプルンと引っ張った。

「先生、それ、本当？」

「ええ、本当よ、カラダが浮き上がるような気分だったわ」

褒められたことが嬉しくて、司はまたその唇を近づけていく。

「あん。待ってちょうだい。司くんのお望みは、キスばかりなの？　それとも……」

思わせぶりな眼差しを投げかけながら、先ほどから人妻教師の太ももにぶつかっている強張りに、人差し指をあてた。

「ここは、もっと違うことも望んでいるみたいだけど……」

ズボンのテントの頂上に、優しくのの字を描かれる。

羞恥するように頰を赤く染めながらも、千鶴がちょっぴり小悪魔のような表情で司を挑発してくれる。

(ああ、どうしよう……。ヤバいよ。先生、その貌、エロ可愛すぎる……！)

執拗な熱烈キッスに焦らされたトランジスタグラマーは、いよいよその発情を極めているようだ。その証しを司は、自らの太ももで実感している。

未だ人妻教師は、司の太ももを股間に挟み込んだまま、股間をモジつかせている。

しかも、陰裂から恥ずかしいお汁を溢れさせているのだろう。ショーツから滲み出した蜜汁が、司のチノパンに黒シミを作っているのだ。

これほどのゴージャスボディを二年もの間、眠らせ続けていたのだ。ひとたび官能が目覚めてしまうと、いくら理知的な千鶴先生でも全く抑えが利《き》かないらしい。あの清楚な千鶴が、という想いと、年相応に彼女のおんなが熟《う》れていることを知り、司は凄まじい興奮と感動を覚えた。

「司くんの妄想を、叶えてあげる約束だったでしょう……。なんでも言ってちょうだい」

司の耳元に熱い息を吹きかけ、千鶴がさらなる誘惑を試みるのも、内心は切なく訴えかけてくる女体の疼きを鎮《しず》めて欲しいからなのかもしれない。

(先生だって、生身のおんななんだ。時には淫らに乱れたい欲望もあるはず……。ならば、もう少し焦らしてみようか……。じっくりと羞恥を煽るのも手かな……)

人妻教師がその理性のくびきから解き放たれ、奔放なまでにおんなの悦びに浸るには、もう一押し必要に感じられる。確かに千鶴は発情をきたしているが、それはいわば生理的に濡れているに過ぎないような状態だ。理屈ではなく、感性が司にそう訴えている。

心底、欲しているのなら赤裸々に「挿入《い》れて欲しい」と求めるはず。否、憧れの女教師にそう言わせてみたい。

（先生には悪いけど、徹底的に恥ずかしい目にあわせてみよう……）

そう決意した司は、千鶴の誘いに意外な線から乗ることにした。

「僕、先生の匂いを嗅ぎたい！　先生のカラダから立ち昇る甘く、エッチな匂いを思う存分嗅ぎたいんだ」

司は自らの頬の火照りを感じながら、目をらんらんと輝かせた。千鶴からすると今にも、獲物に飛びつきそうな獣のように映るに違いない。

いたずらに策を弄するわけではなく、心から司が千鶴にしたいことをリクエストしているのだからそうなるのも当然だ。

「や、司くん……。そんな恥ずかしいこと。匂いを嗅ぐだなんて、そんな……」

当然の如く、千鶴はその司のリクエストに躊躇《ためら》った。

けれど、そんな人妻教師には、お構いなく司は、美しい首筋へと鼻先を運ぶ。

「あん。司くん。先生は……。千鶴は、まだシャワーも浴びていないのよ……。恥ずかしいわ……」

「先生の匂い。生の匂いをこんなに近くで嗅げる初めての機会なのです。存分に嗅がせてください」

懇願する司にむずかるように身を捩っていた女体がピタリとその動きを止めた。

「判ったわ。司くんのしたいようにして。千鶴は身も心も司くんのものになると決めたのですもの……」

そっと目を閉じ大人しくなる千鶴。その伏せられた睫毛《まつげ》が小さく震えているのは、生徒に匂いを嗅がれる緊張によるものか、はたまた媚熟女の恥じらいからかは判然としない。けれど、司にとってこれほど心を奪われる光景もない。

嬉々として司は、人妻教師の首筋へと顔を寄せた。

5

「ああ、先生、いい匂いがします。やさしくて甘い匂い……。そしてちょっぴりエロい匂いも……」

「やぁん、もう司くんの意地悪ぅ……。エロい匂いって、どういう匂いなの?」

抗議する千鶴の声は、けれど、どこまでも甘く、まるでじゃれついた仔犬を叱るよう。どんなに恥ずかしくても、司を本気で妨げるつもりはないらしい。

それをいいことに司は、鼻を擦りつけ、生のおんなの香りを嗅いでいく。嗅覚の鋭い司にとって匂いを嗅ぐことは、牝を求める本能的な衝動に近い。

いわばその行為で、おんなの羞恥を煽り、心をそっと愛撫しているつもりだ。

もちろん、嫌いな相手にそんなことをされれば、不快としか思えない。けれど、心を許した相手からであれば、そんな行為でさえもうれしいと感じる。

好意を寄せる相手には全てを晒したい願望が、おんなにはあるのかもしれない。全てを知って欲しいと、そう想うのがおんな心というものらしい。それは匂いでさえ、例外ではないのだ。

嗅ぐ側もそうだ。好きなおんな。心から愛するおんなであればこそ、嗅ぎたくもなる。

司が千鶴の匂いを嗅ぎたくて止まないのも、千鶴のことを愛すればこそだ。

「いやぁん。司くんたら、匂いでおんなを味わっているのね……」

荒い鼻息を吹きかけるように司がなおも嗅ぎ続けるから、敏感な肌には、くすぐったいようなぞくぞくするような感覚が沸き立つはずだ。

しかも、匂いを嗅ぎながらも司の手は、千鶴のカラダのあちこちを微妙に擦っていく。手首を押さえ、二の腕を掴まえ、腋の下にあて、お腹の脇のお肉を捕らえと、微妙な圧迫で肌を刺激するのだ。

未だ千鶴は衣服を身に着けたままでいる。だからこそ、その撫でさすりを、多少強くしても問題はないはずと、むしろ衣服ごと人妻教師の肌をまさぐっていく。

「あっ！　あふうっ……」

やがて司の手指はリブニットカーディガンの前ボタンにかかり、一つ二つと外しはじめた。

「これ邪魔だから脱がせますよ。先生の素肌の匂いを嗅がせてください！」

了承を得ぬままに、ボタンは全て外してしまった。

「ああ、やっぱり恥ずかしいっ……。シャワーも浴びずに直接だなんて……」

観音開きにされたカーディガンの前を、千鶴は両手で慌てて押さえた。司に身を任せるつもりでいたはずが、直接匂いを嗅がれると知り躊躇われたのだろう。

司としては、千鶴に拒まれれば無理強いするつもりはない。けれど、その落胆は隠しようがない。

「あぁん、司くん、そんな顔をしないで……。そんなにがっかりするほどなの？　仕方がないわね。許してあげる」

千鶴は司の耳朶《みみたぶ》を甘噛みし、羞恥に声を掠れさせながらも許してくれた。

「男の人にこんなにあからさまに匂いを嗅がれるのは初めて。司くんだけよ。カワイイ司くんだから許してあげるの……」

「本当にいいのですか？」

「特別よ。司くんだけ……。さあ、司くんが、脱がせて……」

「ありがとう!!」

千鶴がやさしい笑みで包み込んでくれる。慈愛に満ちたその表情は、その言葉通りに、司のことが可愛くてならないと言っているように思える。

恐らく司が求めれば、先生はどんな恥ずかしいこともしてくれる。顔に書いてあるとは、こういうことなのだろう。

「じゃあ、あらためて……」

ゆっくりと退いていく千鶴の両腕。無防備となった薄手のニットの前を、息を呑み左右にはだけさせていく。

現れ出たのは神々しいまでに眩い光景。白いシルク地のキャミソールに包まれたスレンダーボディと、そこだけ前に大きく盛り上がる豊かな胸元。

流行りのブラカップ付きのキャミソールは、高級感あふれるフラワーモチーフの総レース仕立てになっており、胸元以外の絹肌を艶めかしく透けさせている。

ボディラインにフィットしてタイトなシルエットになっているため、グラマラスなメリハリがくっきりと露《あら》わになっている。

カーディガンのインナーとして誰かに見せるための下着ではなかったはずなのに、まるで魅せ下着のような艶めかしさと可憐さを兼ね備えている。

インナーの丈《たけ》がお臍のあたりまでで、その悩ましいくびれが露わとなっているのもセクシーだ。

「うわあああっ！　先生の下着、清楚なのに色っぽい……」

それにも増して、悩ましいのはその胸元。総レース生地がデコルテラインから谷間に向かって切れ込んでいるため、乳肌の四分の一ほどが露出しているのだ。

しっかりとワイヤー入りのカップでホールドされているにしても、ベッドに身を横たえてなお、こんもりと大きく前に突き出している上に、いかにもやわらかそうに丸くドーム状に膨らんでいる。

細い肩やデコルテラインが華奢なまでに細いため、よりそのふくらみの大きさが顕著に見える。

教室での凛としたスーツ姿にあって、胸元を大きく盛り上げていた正体がこれなのだと思うと、感慨もひとしおだ。

「いやよ。司くん。恥ずかしいのだから、言わないで……」

恥ずかしさのあまり両手で顔を覆い、身をくねらせる姿は、まるで新婚初夜の新妻のよう。二の腕に絞《しぼ》られた胸元が、深すぎる谷間を作るのも色っぽい。

「千鶴先生！」

年上の人妻教師が見せるあまりにも可憐で愛らしい仕草に、耐え切れなくなった司は、その谷間すれすれに鼻先を運んだ。

「あん。司くぅん……」

恥じらいの声を甘く上げながらも、千鶴は司を妨げようとしない。

「こ、これが先生のおっぱいの匂い……。千鶴先生は、もちろんおっぱい出ませんよね？　なのにどうしてこんなにミルク臭いのだろう……。でも、この匂いを嗅いでいると、すごくち×ぽが疼いて、むずむずしてきます」

カップからはみ出している乳丘の至近距離で、司は小さく頭を振りながら深く深呼吸をした。

「ああ、司くんに……。教え子におっぱいの匂いを嗅がれている……。千鶴はもうこれで司くんの先生ではいられない……。司くんのおんなにされるのね……」

「そうですよ。こんな風におっぱいの匂いを嗅がれては、教師失格です。もう僕のおんなになる以外ありません」

言いながら興奮に任せて、たっぷりと胸乳を嗅いでいく。それに従い、乳首が硬さを帯びてくるのがキャミソール越しにも知れた。

「先生、もしかして僕におっぱいを嗅がれ、興奮しています？　乳首が、ツンってっ！」

「いやぁん。司くんのバカぁ……。そんなこと指摘しないで……。そうよ。先生、興奮しているわ。乳首が甘く疼くほどに……。はしたない先生を軽蔑しないでね」

むずむずするような甘い疼きが、その先端から込み上げるのだろう。司の目がなければ、自ら乳房を揉みしだき、疼く乳首を押し潰しているかもしれないほどに乳首の盛り上がりがさらに明らかになる。

「軽蔑したりしません。むしろ、先生の淫らな反応がうれしいです！」

「あぁん、どうしてなの？　私、こんなに淫らだったかしら？」

鼻先で乳房の谷間を掘り返すように辺りの匂いを嗅いでいく。

薔薇のような香りは千鶴の好んで使うフレグランス。それに混じりバニラのような匂いもしている。

十一月の寝室は、空気が少し冷んやりしているにもかかわらず、千鶴は乳肌に汗をかきはじめている。その甘酸っぱい匂いも入り混じり、司を羽化登仙の境地に運んでくれる。

「先生のエロい匂いに頭がクラクラしちゃいます。匂いでち×ぽをくすぐられているみたい！」

興奮しきった司は、鼻先を徐々に胸元から下げていく。

相変わらず、その手は麗しい女体の表面をフェザータッチでなぞっている。手に触れられた絹肌が、産毛《うぶげ》を逆立てていくのが、まるで千鶴の性感の目覚めのようで愉しい。

「おっぱいの辺りよりも、甘酸っぱい匂いが濃くなっていきます。お臍のあたりでこうなのだから、下半身はどうなのでしょう？」

「ああ、いやよ。先生、正直に言うわね。もう濡れているの……。恥ずかしいことをされて興奮してしまったから……。きっとショーツも……汚してしまっていると思うの……。だから、もう許して」

しきりにお腹の辺りを嗅ぎまわる司に、千鶴が怯えたような懇願するような眼で許しを乞《こ》うている。けれど、それでいてその眼の奥には、期待するような光が宿されているようにも映る。

「司くんも、もう興奮して、おち×ちんをガチガチに硬くしているでしょう？　先生の太ももに当たっているの、気づいているわ。だから、もっと違うことを……」

「違うことって、何ですか？」

千鶴の指摘する通り、下腹部を限界にまで膨らませている。成熟したおんなであり、意中の相手である千鶴が、大人しく司に身を委ねてくれているのだ。本来であれば、今すぐにでも八年以上も蓄積された欲望を、女体の中に打ち付けたいのはやまやまである。

けれど、スレンダーグラマーを我がものにするにも、司としてははっきりと千鶴に言わせたい。

それは決して、意地悪とか、被虐を煽るとかの意味合いばかりではなく、きちんとどうして欲しいのかを言わせることで、千鶴が心から解放されると信じているからだ。

「僕に何をして欲しいのです？」

なおも司が迫ると、千鶴が美貌を横に背《そむ》けながらも桜唇を小さく開いた。

「つ、司くんが欲しいの……。焦らされ過ぎで、もう少しも待てないほど欲しいの」

「何がですか？　ちゃんと何が欲しいのか言ってください」

「ああん。司くん、先生に言わせたいのね。判りました。言います。司くんのおち×

ちんが欲しいの。先生のおま×こに……挿入《い》れてください」

消え入りそうな声で、けれど確実に人妻教師が司を求めてくれた。それもはっきりと淫語を使い、女陰への挿入をおねだりしてくれたのだ。

その言葉を耳にしただけで、司はいち早く脳みそが射精するのを覚えた。

6

千鶴はベッドに横たわったままスカートを脱ぎはじめた。

「ち、千鶴先生……」

人妻教師が、さらに積極的になろうとしてくれている。それは自ら司に最後のステージに進みたいと懇願したがために解放されたおんなの姿。

純白のショーツは、貞淑と淫靡を併せ持つレースで飾り立てたお洒落なハーフバックショーツ。司を家に招いたホステスとして、ちょっとしたお洒落のつもりであったのだろう。密かな自己満足を満たした下着を、まさか教え子の目の前に晒すことになろうとは考えてもいなかったはず。

だからこそ、余計に色っぽく司を悩殺してやまない。

パンティストッキングによってピュアベージュにメイクされた太ももも艶めかしい。

「綺麗だ。先生の脚、やっぱり綺麗だ……」

生徒の目を憚り、授業中は長めのスカートを穿いていたが、時折、垣間見せてくれたレオタード姿の先生の太ももを脳裏に焼き付けてある。けれど、そのかつての記憶よりもずっと、いま目の前に晒されている太ももの方が、美しく悩ましい。

あまりにも艶めいた光景に、我知らず司は、強い色欲を込めた視線で、おんなの脚肌をじりじりと焼いていた。

「太もも、凄くむっちりしている。やっぱり、先生、昔よりも熟れているのですね」

「ごめんなさい……。太ったつもりはないのだけれど……。がっかりさせちゃったかしら……」

「がっかりなんてとんでもありません。むしろ、僕、興奮しています。見ているだけでドキドキします。すぐにでもむしゃぶりつきたくなるようなエッチな脚です！」

昂らせた声で素直な感想を吐露する。すると、途端に、女体に宿った淫靡な熱が急上昇したのか、艶やかな媚脚がその蜂腰ごとぶるりと震えて悦んだ。

千鶴にとっても、その脚は、密かな自慢であったらしく、それをきちんと見出してくれたことが、おんなとして何よりもうれしいのだろう。

細く繊細な指先が蜂腰に張り付いたパンストのゴム部に運ばれた。

ストッキングに包まれた艶々光る足首やふくらはぎを見ているだけでも愉しいが、やはりその生脚が見たい。そんな司の願望を叶えようとしているのだ。

「全部見せてあげる。ううん。先生の全部を司くんに見て欲しい……」

興奮を載せた声でそうつぶやくと、人妻教師はストッキングごと純白のショーツもずり下げていく。

二種類の下着が、つるんとした腰部から外れる様は、ゆで卵から殻が剝けるよう。そのまま太ももを越えると、千鶴がさらに脱ぎやすいように女体を向こう側に横向きにした。お陰で、左右にボンと張り出したお尻の全容が垣間見えた。

そうとは気づかずに、なおも千鶴は、膝小僧のあたりで美脚をくの字に折り、片足ずつ露わにしていく。

全てを脱ぎ終え、再び、仰向けに戻ると人妻教師の媚脚があえかに左右に開かれていく。膝を曲げてくつろげられた股間は、男を迎え入れる体勢。

セックス本番を前にして司は、自らの衣服を脱ぎ散らかして、ベッドの周りに乱雑に放る。

その視線だけは、千鶴の豊麗な女体から離すことはない。

もどかしくもようやく裸になった司は、淫槍を腹に張り付くくらいの角度に立て、憧れのおんなに赴く。

「これが先生のおま×こ……。可憐な花のようです。すごく上品で、可愛らしい」

とても人妻とは思えない新鮮な花びらは、左右対称に綺麗に容《かたち》が整い、〝可憐な花〟との形容がよく似合う。若々しい美貌に違わず、三十三歳の道具にしては、まるで使い込まれた様子がない。

「本当にいいのですね？　それじゃ、いきますよ」

元の教え子と女教師は、互いに焦燥感を覚えるほどにまで発情している。若牡の矩《く》形《けい》は破裂せんばかりに膨らんでいるし、三十路の女体は燃え上がらんばかりに火照らせている。もはや、これ以上の前戯は、両者にとって不必要だ。

「来て、司くん……あ、んっ」

ゆっくりと人妻教師の太ももの間に、わが身を割り込ませた司。ぬちゅっと真っ赤に灼けた鈴口を愛液の滴る牝口にそっと重ね合わせる。

けれど、司は早急に押し入れようとはしない。

まずは亀頭さえも嵌入させない浅い抜き挿しを繰り返す。

「あんっ、あっ、あっ、あぁ、何に……？　あん、な、何をしているの？」

蜜口からクチュクチュと卑猥《ひわい》な水音が立つにつれ、女体にも微小ながら甘美な喜悦が湧き起こるのだろう。伏せていた首を起こし、自らの股間を覗き込んでいる。

「僕のち×ぽと先生のおま×こにキスをさせているのです。こういう風に、挨拶をさせて先生のお汁をち×ぽの先にまぶしておくのです」

言いながら司は、切っ先の角度をずらし、可憐な縦割れを垂直に擦っていく。肉棹の裏筋を半ば牝孔にめり込ませながら、ずるずるずるっと擦りつける。

「あはん！　ああ、司くん、わざとエッチなやり方をしているでしょう？　こんな卑猥なキス、初めてよ……。うれしくて気持ちがよくて……あぁ、おかしくなりそう」

真面目な千鶴のことだからおんなの膣孔に男を嵌め込まれ、前後に揺さぶられるばかりの抽送しか知らなかったのではあるまいか。

キスであり、ピストンであり、前戯でも本番でもあるこのような擦りつけなど、知りもしなかったであろう。

「どうです。ち×ぽでキスされるのは、気持ちいいです？」

千鶴の感想を求めながら、亀頭部は蜜孔にちゅぽちゅぽと、浅い嵌入を繰り返す。

「あんっ。いやらしいキス……あぁ、気持ちいいっ！　こんなキスをされてしまうと、先生のおま×こ、早く挿《い》入れて欲しいとわなないてしまうわ……」

その告白通り、切っ先がキスするたび、花びらがヒクついている。恐らく膣胴が蠕《ぜん》動《どう》しているのだろう。

男根を埋められるセックスしか経験のないお固い女教師にとって、この睦まじい性器の戯れは、新しい性愛の容《かたち》を示唆している。

「あん、あっ、んんっ……。司くんは、今まで私を抱いた、誰とも違うやり方で、愛してくれるのね……こんな愛し方をされたら私、きっとひどく乱れてしまうわ」

まだ挿入すらなされていないというのに、早くも司に翻弄《ほんろう》されつつある千鶴は、性の深淵に溺れる予感に身を焦がしているらしい。

(こんなに熟れた肉体なのに、宝の持ち腐れだ。ち×ぽを擦りつけたくらいでこんなだもの。もしかすると、上になった経験さえないのかも……)

千鶴の反応に、司は彼女の清楚さの秘密を垣間見た気がした。

これほどの美貌とトランジスタグラマーな女体を持ち合わせていれば、男は興奮のままに男根を突き立て一方的に果ててしまうのが普通なのかもしれない。あるいは華奢な女体を壊してしまうと危惧《きぐ》され、激しい性戯を遠慮されることも。

それ故、これほど初心《うぶ》で、聖女の如き媚熟女が出来上がったのではないだろうか。

「先生。先生が上になってください。生徒の僕に初体験させるつもりで……。もう挿入《い》れるだけですから難しいことはありませんよ」

　思いついた司は、正常位よりも騎乗位でする方が、より千鶴の官能を昂らせることができそうと判断した。

　後ろ髪をひかれながらも千鶴の太ももの間から退き、豊麗な女体の隣にその身を横たえる。

「先生が上になって……。私から司くんのを迎え挿入《い》れるってこと？　あぁっ、そんないやらしいことしたことがないのに、私にできるかしら……？」

　想像通り、千鶴はこの歳で正常位しか経験がないらしい。あるいはこれが、夫婦不和の理由の一端かも知れない。どれほど美しい妻でも、手折ることができないのでは不満も溜まる。

　けれど、それは必ずしも千鶴に責任があるわけではない。千鶴は生真面目であるだけで、潔癖であるわけではない。頑《かたく》なに要求を拒むようなこともしないはずで、むしろ、従順ですらあるのだ。つまりは、彼女にそう仕向けなかった男の方にこそ責任があると言える。

「大丈夫ですよ。ほとんどのカップルが普通にすることですから。いやらしいことでも、はしたないことでもありませんよ」

躊躇《ちゅうちょ》する千鶴を宥《なだ》めるように司は請け合った。

「判ったわ。やってみます。おんなの私から跨るようにして、司くんのおち×ちんを……。こ、こうよね」

促されるまま人妻教師は、女体を持ち上げ、素直に司の上に跨ってくる。

おずおずと艶腰が持ち上がると、亀頭部を膣口に導くように照準が定められた。

「先生。上手くいかないようだったら僕のち×ぽに手を添えて、そうやって狙いを定めれば……」

司の助言を受け、マニキュア煌めく指先が司の勃起を摑み取る。

「ああ、こんなに熱くて硬いおち×ちんを、先生が自分で挿入《い》れちゃうのね……」

千鶴の声が掠れているのは、昂奮もあるらしい。大きな瞳を妖しく潤ませているのが何よりの証拠だ。

「あうっ、ち、千鶴先生っ！」

左手を司の太ももに置き、軽い体重を支えながら膣口に亀頭の先端が当たるように照準を定めている。

ゆっくりと細腰が落ちはじめ、切っ先と淫裂との距離が刻々と縮んでいく。スローモーションのような長い瞬間が過ぎると、ついに先端が入り口に触れた。

「ああ、すごいわっ……司くんの……熱いおち×ちん……男の人って、こんなに熱かったかしら……先生、溶かされちゃう……！」

「千鶴先生のおま×こも熱い！　ヌルヌル、ヌメヌメなのに、すごく熱いです！」

にちゅっと再び触れた瞬間から亀頭部と花びらは互いの体温を交換し、粘膜と粘膜を融合させていく。

「おおおおおっ！　僕のち×ぽが先生のま×こに挿入《はい》るのですね。僕、ついに千鶴先生とセックスするんだ……！」

興奮にまかせ、待ちわびた瞬間を震えた声で実況すると、人妻教師も興奮を淫語で伝えてくれる。

「そうよ。先生のおま×こに司くんのおち×ちんが挿入《はい》るの……。ああっ、これで千鶴は司くんのおんなになるのね……」

硬い先端にぬるりとした肉孔の中心が触れると、艶めいた声が漏れた。エラの張ったグロテスクな亀頭部と、楚々とした女陰がぶちゅりっと再び熱いキスを交わしている。

それも束の間、千鶴が、軽い体重を預けるように腰を落とす。どうすれば結ばれるか、牝の本能で悟ったのだろう。

細眉をたわめ、優美な背筋がしなるように後ろにのけぞる。

しっかりと噤んだ唇から呻きを漏らし、ガチガチの肉棒を胎内に迎え入れるのだ。

ぬぷッと亀頭が咥え込まれると、後はズズッと垂直に肉幹が呑まれていく。

「ぐわあああっ。ち、千鶴先生～～っ！」

額や喉元に浮かぶ汗粒が、やけに扇情的だ。

切なくも苦しげな表情を浮かべているものの、あるいは快感にその女体を痺れさせているのかもしれない。

「ああん……。司くん、すごいわ……挿入《い》れるだけで、先生イッてしまいそう……」

美貌をわななかせながら挿入の充溢感を味わう千鶴。美しい人妻教師が分身を迎えてくれる感動に、司も息を詰めて顔を真っ赤にさせている。

「ぐはぁ、せ、先生ぃ～～っ！」

「ああん、司くんのおち×ちん、見た目以上に太いのね……。先生のおま×こ、内側から拡げられている……」

千鶴が強烈な違和感に呻吟する。勃起の熱を鎮めようとするように、精一杯やさしく生暖かい濡れ襞で包み込んでくれている。

「う、うれしいです。僕、千鶴先生とセックスできたなんて……！」

素直な感想を口にすると、情感を刺激されたのか痩身がブルッと震えた。付け根まで呑み込むつもりらしく、両脚が蟹足に折られ、肉棒がずぶっと呑み込まれた。

「ううっ……せ、切ない。おち×ちんの上にこんな風に座ってしまうの初めて……。おま×こに突き刺さる感じで、とっても切ないの……。ねえ、すごいのね。司くんのおち×ちん。先生のなかでビクンビクンと蠢いているわ……」

「蠢いているのは、先生も同じです。あううっ！　ほら、また動いた！」

二年もの間放置されていたこともあり牝孔は、相当にきつい。うねる肉畔《にくあぜ》が司の熱さと質量に驚いて締め付けてくる。

まるでゼリーを塗りつけたビロードに肉柱を磨かれているような、適度なざらつきもあって凄まじい快感が押し寄せる。にゅるにゅるっと短い触手に舐めまわされているような甘く狂おしい愉悦《ゆえつ》も得られる。途方もない快楽に、勃起肉が蕩け堕ちそうだ。

新体操によって培われた千鶴の女体は、司の想像を遥かに超えて蠱惑の肉体に仕上がっている。少しでも油断すると三分も胎内に留まっていられないであろう程の極上媚肉なのだ。

「ぐふううぅ……。ぅああっ。やばいです先生のおま×こ。気持ちよすぎです！」

喜悦を叫ぶ司に、嫣然《えんぜん》と微笑む千鶴。けれど、彼女の方も、余裕などなさそうなのは明白だ。すっかり肉竿を咥え込んだ艶襞が震えている。押し寄せる喜悦に、きゅっと淫らな収縮が留まるところを知らない。

「あううっ、す、すごいのっ。先生もこんなセックス、したことない……」

もはや羞恥などかなぐり捨てて、豊麗な女体を小刻みに震わせている。

多量に吹き零した愛液が潤滑油となるらしく、勃起に座り込んでいても彼女に痛みはなさそうだ。けれど、それがかえって押し寄せる官能を息が詰まるほど味わう結果となるらしい。

狭隘な媚肉だから、人並程度の勃起でもみっしりと満たされる充溢感を味わえる。押し開かれるような重い愉悦。快感を甘受しやすいおんな盛りの性神経は、その能力を余すところなく全開にして、人妻教師を快美な官能に溺れさせていく。

司の目論見通り、千鶴が本気で感じているのは明白だ。

「あううっ……すごいわ……なんてすごいの……挿入《い》れるだけで、イキそうになるなんて……こんなに敏感になるの、初めて……」

朱唇から呻吟を漏らし、眉根を寄せて苦悶の脂汗を滲《にじ》ませている。

亀頭のふくらみ、エラの張り具合、そして血管でごつごつとした肉幹の感触。その一部始終を産道で覚え込もうとするように、妖しく身を揺らしながら千鶴の鼻にかかった喘ぎが甲高く尾を引いていく。

「うふぅんっ……はううっ……あ、あああぁぁぁっ」

司を見下ろしながら、人妻教師が柳眉をひそめた。

大きな瞳には潤みを増して、たまらない色気を漂わせている。

千鶴の体内では、男根に膣孔を占拠される記憶を思い出した子宮が、最上の悦びを謳《うた》いあげているに違いない。甘くはしたない卑蜜が、繋がりあった隙間からどっぷりと垂れているのが証拠だった。

7

（ああ、先生ってエッチの時、こんなに色っぽい貌をするんだ……）

人妻教師にうっとりと見惚れながら司は、次なる要求をした。

「先生。男と女の凸凹を擦り合わせないと、セックスにはなりませんよ。ほら、腰を動かしてみてください。先生が気持ちよくなるようにして、構いませんから……」

司の太ももの上で、促された千鶴が素直に腰を揺すりはじめる。

ふたりの陰部を押し付けるように肌を密着させると、蜂腰をくなくなと前後させ官能を掘り起こすのだ。

お陰で男性器が、やわらかな膣肉に押しあうように擦りつけられていく。

「おうぅッ！　すごいよ。先生、ものすごく気持ちいいッ。先生のおま×こに擦れるの……ぐふうッ……ものすごくいいですっ！」

腰を振り性器を擦り合わせることが男女の営み。けれど、あれほど凛としていて清楚な人妻教師が扇情的に腰を振るなど、想像もできない姿だった。

「あん。いいっ。どうしよう千鶴、気持ちいいっ……。ふしだらな腰、止められない」

浮かされるようにつぶやきながら千鶴が淫らに腰を振る。

司は亀のように首を持ち上げ、二人の結合部をギラギラした目で覗いている。

楚々とした膣口が、いまはパツパツに拡がって、どぎつい眺めで司の分身を咥え込んでいる。

そんな司の視線を意識しながらも、千鶴はふしだらな腰つきを止めようとしない。

スローなフラダンスを踊るような艶めかしい腰付きながら、司の猶予《ゆうよ》をどんどん奪っていく。さほどの律動もしないうちに、興奮と快感に焼き尽くされ、やるせない衝動がさんざめいていた。

「ああん、司く～んっ！」

前屈しながらもなお艶めかしく腰をくねらせ、愛おしげに司の顔のあちこちに唇があてられる。ついには、薄らと開かれたまま司の同じ器官にあてがわれた。

「ンン、ぐゥッ、ほむぅ」

薄い舌に侵入され舌を搦《から》めとられた。ディープキスを交わしながら互いの体を密着させるセックスは、恋人同士の行為そのものだ。

(先生の舌も唾液もなんて甘いんだ……。甘すぎて蕩けてしまう!)

近づいた上体に司はここぞとばかりに千鶴のキャミソールを裾から一気にたくし上げた。

ずっと意識していたが、美味しいものを取っておくように、ここまで放置していた人妻教師のおっぱい。

その豊かなふくらみが、途端にぼろんと零れ落ちる。

支えをなくし、その重さに膨らみが左右にしどけなく流れていく。それも束の間、小ぶりのメロンほどもありそうな美しいドームが、前傾に、紡錘形《ぼうすいけい》に垂れ下がり、やわらかそうにふるるるんと揺れた。

それも、ただ大きいばかりでなく、シミひとつない純白の美肌で形成されていて悩ましいことこの上ない。

乳首と乳暈は純ピンクで、小ぢんまりした印象だ。

「うおおおおおっ！」

それを目の当たりにした瞬間、司は感動のあまり雄叫びを上げてしまった。心臓が激しく鼓動を打ち息苦しくなる。

膣肉に包まれたままの肉勃起が引《ひ》き攣《つ》り、嘶《いなな》くのを抑えられない。

それほどまでに見事で、美しいふくらみなのだ。

高校生の時分から夢にまで見続けた憧れの肉房がそこにある。

「ち、千鶴先生。触ってもいいですか？　触りたいです！」

男の興奮をとことん誘う乳房のフォルムに、ただ見ているだけではいられない。

たまらず司は、返事も聴かぬうちに、その蠱惑的なドームを下から掬《すく》った。

「あんっ！」

指先が触れただけでも、千鶴はびくんと女体を震わせる。いきなりの狼藉《ろうぜき》に、女体を強張らせていても、乳房のやわらかさだけは変わらない。司の指の形にふにょんと凹みながらも、心地よい手触りの反発が返ってきた。

これまでにも、何人かの女性の乳房には触れている。けれど、そのどの記憶を辿っても、これほどに司の感動を誘ったふくらみはない。

「ああ、おっぱいだ……。先生のおっぱいだ……。すごい、すごい、すごい、こんなにやわらかい！　ああ、そして、こんなに弾力がある！」

素晴らしいのは、そのやわらかさや反発ばかりではない。乳肌の滑らかさ、吸い付くようなしっとりとした肌触り。彼女の温もりも伝わってきて、司の手指ばかりか心までも吸い寄せて離さない。

「肌の滑らかさも凄いです。触っている僕の掌が蕩けちゃいそうです」

「ああん。司くんの手つき、いやらしい……。そんなふうに触られたら、おっぱいも敏感になっちゃう……」

細腰を捩《よじ》らせて身悶える千鶴。その頂点に位置する乳首が、にわかにしこりを帯びはじめる。

絹肌のあちこちにぽつぽつと汗粒が浮き出し、色白のヴィーナスが濡れ輝いていく。すでに寝室は、二人の睦み合う熱気でムンムンしている。そればかりではなく、やはり千鶴は恥じらいと官能にその素肌を火照らせているのだ。

掌に包み込んだままのふくらみから、トクン、トクンと微かに先生の鼓動が伝わってきて、それが徐々に速まっていくのが判った。

「はあぁぁ……っ」

瞼を閉じて顔を横に向けたまま人妻教師が熱く息を吐いた。掌の中でやわらかく踊るふくらみを、司が慎重に揉みあげたからだ。

指先が乳肉に埋まるたび、薄く朱に染まった乳房が、指と指の間から行き場を失ってひり出される。

「あふううっ……んんっ、あ、ああっ。どうしよう、おっぱいが熱いっ……。ああ、ねえ、感じる……おっぱい、感じちゃう……あぁ～ん！」

半開きになったままの桜唇が、奔放に艶めいた喘ぎ声を漏らしている。もはや牝啼きを止めることは不可能であり、意識さえしていないかもしれない。

「あんっ、うふんっ……ああん、もうだめっ。千鶴、我慢できない……」

胸元から湧き起こる甘い愉悦に負けたらしく、くんと蜂腰が浮いた。

身悶えた腰つきが、ムチに打たれたかのように、ゆったりした前後運動から淫らな上下運動へと変化する。

ぐちゅんと勃起がひり出されては、ぬぷぬぷぷっと呑み込まれる動き。

一気に司の性感も高まっていく。千鶴同様に司の肌も火照っている。それも肌という肌がドロドロに溶けそうなほど体温が上昇し、脳みそが沸騰《ふっとう》している感じだ。粉々に理性が砕け、放精の欲求ばかりが頭を占めている。

「ぐはああああっ、せ、先生ダメです。そ、そんなあぁ……」

千鶴を翻弄していたはずの司が、いつの間にか翻弄されている。

熟れたおんなが本気で盛ると、こうなるのだと司は身をもって知った。

ヤバイとは思うものの、時すでに遅しで、快感がグングンと放物線を描き、沸点を超えそうになっている。

「ごめんなさい。もう我慢できないの……。くふうっ、も、もう千鶴、イッてしまいそう……あぅ、あぁ、いいっ！　おま×こいいっ！」

奔放に淫語を吐きながら、蜂腰を上下させる千鶴。甲高く喘ぐ媚熟女の腰つきに、なす術もなく司も昂らせていく。

パチッ！　パチンッ！　と牡牝の性器をぶつけあい、互いの官能を高めあう。

小玉スイカ並みの乳房を上下に暴れさせる千鶴。それとともに繊細な髪が、ふわりふわりと悩ましく舞った。

媚肉にきゅんと締め付けられながら肉棒が容赦なく上下にしごかれる。

「ぐうぉおおっ。いいです。先生のおま×こ、一段と締め付けが強くなって、僕の精子をおねだりするようです」

もっと、この瞬間を味わっていたい。もっと、淫らな千鶴を見ていたい。憧れの人妻教師をもっともっと狂わせたい。そんな気持ちはやまやまだが、鎌首《かまくび》を持ち上げた射精衝動に、我知らず司も腰を突き上げている。

「ああんっ、おち×ちんがドクンドクンって……千鶴の中で……ああ、熱いっ。熱くて溶けちゃうぅ〜〜っ！」

さらなる快感を追って、司も下から尻を持ち上げては下げ、彼女の淫らな腰つきに同調させている。

「うふぅ……ああん……はああっ」

「ぐっ！　うぐぅっ！」

二人の抑えきれない喘ぎが、寝室に輪唱する。

せり上がる美尻に、たっぷりと練り込まれた蜜汁がまぶされた肉竿が、膣肉からひり出される。

「こんなにいやらしいセックスは初めて。千鶴、司くんに溺れてしまいそう！」

司が喉奥を鳴らして咆哮《ほうこう》すると、若牡の快感を攪拌《かくはん》するように、さらに千鶴が尻を大きくグラインドさせてくる。

「あふん、ああ、だめよっ、司くん……。先生にこんなセックスを覚え込ませるなんていけない子……ああ、でも、千鶴は、もう司くんから離れられないわ……くふうう……腰がっ、勝手に動いちゃうぅっ！」

人妻教師の官能の堰《せき》は、すっかり切れてしまったらしい。熱心に腰を揺すり、飽かず愉悦を汲みあげている。

「助けて司くん……千鶴、もうイキそうなのっ！　あぁ、恥をかいてしまうぅ！」

情感たっぷりに、愛しげに名前を呼んでくれる千鶴。乳房の先端を硬く尖らせ、司の胸板に甘く擦りつけてくる。

「イッてください。ほら下からも突いてあげるから先生、イッて！」

兆した人妻教師に、司もここぞとばかりに突き上げを激しくさせる。

「ああ、ダメよ。イクわ……。ああ、おま×こイックぅ〜〜っ！」

はしたなく淫語を吐きながら、ついに千鶴がイキ恥を晒した。

「ぐうううっ！　なんてすごいんだ。先生、僕もイキます……！」

これほどの名器と交わり、よくぞここまで持ったものだと、己自身を褒めながら司も射精衝動に身を任せた。

「ぐおおおっ、射精《で》るよ！　先生、射精《で》るぅ〜〜っ!!」

やわらかな尻朶を突き上げるような直線的な打ち込みに、白い背筋が浮き上がり、イキ恥を晒す細い頤《おとがい》が天を突いた。

極上媚肉を己が分身で絶頂に導いた満足感と共に、司もくびきを解き、溜まりに溜まった欲望を熱い精液と共に発射させた。

「ぐうぉおおおおおおおおおおおおおお〜〜〜っ！」

雄叫びと共に吐き出された灼熱の精液。それを子宮壁に浴びた千鶴は、痩身をぶるぶるぶるっと震わせる。びくっびくっと震える若竿を膣壁に感じながら、熱い飛沫に酔い痴れている。

「あ、熱ぃ……ふううぅん……司くんの精子に、お、お腹の中を灼かれるようっ……。こんなにたっぷり射精《だ》されたら安全日でも妊娠してしまいそう……」

胎内に付着した精液の熱さに、人妻教師はすすり泣いている。

イキ尽くした女体はびくびくっと派手に波打ち、ついに力なく千鶴は、そのまま司の上で頽《くずお》れた。

「大丈夫？　最高によかったですよ。先生はどうでしたか？」

おんなの満足に紅潮した頬が縦に振られる。

「はぁ、はぁ、はぁ……。恥ずかしいくらい、いっぱいイッたわ。一回のセックスで、こんなにイカされたのは初めて。しかも、二度三度と繰り返すたび、イクのが深くなってしまうの……。もう、司くんたら、素敵すぎるわ……」

少しだけ脹《ふく》れて見せる人妻教師は、男女の慣れが生じたのか、いつもより格段に可愛い。

込み上げる愛しさに、司がその桜唇を掠め取ろうと首を持ち上げると、途端にお腹の虫がグーとなった。

気づいた千鶴が、愛らしくクスクス笑う。

「性欲を満たしたら、今度は食欲？　司くん。やっぱりカワイイ……」

そう言うと千鶴の方から、ちゅっと口づけをくれた。

「食べてから、また先生としたい！」

エネルギーを補給して、なおも千鶴を可愛がるつもりだ。

「もう。司くんのエッチ……。じゃあ、いっぱい食べて、体力をつけてね」

ぶるんと巨乳を震わせて、立ち上がる千鶴。女陰からとろりと滴り落ちる精液を気にしながらキッチンに向かう背中の色っぽさ。

悩ましく左右に揺れる容《かたち》のよいお尻を司は、飽きることなく目で追った。

第三章　初恋の先生は欲情に濡れて

1

「千鶴先生のレオタード姿、やっぱり凄くいやらしいです……」

司の姿を求めて体育器具室に入ってきた千鶴の背後にこっそりと忍び寄り、司はその豊麗な女体を抱き締めた。

「きゃあっ！」

短い悲鳴を上げる人妻教師の胸元を鷲掴み、レオタード越しにねっとりと揉みしだく。

「せんせぇ〜〜っ！」

やさしく耳元で囁き、そのまま耳朶を舐めしゃぶる。

「はあああああっ！」

高校、大学と新体操部で活躍していた千鶴は、現在も高校で新体操部の顧問を務めている。

司も高校生の頃は、よく放課後の体育館に忍び込み、飽くことなく千鶴の姿を眼で追ったことを覚えている。

時には千鶴自らがレオタード姿となり、部員の生徒たちに模範演技として国体にまで出場した技量を披露することもあった。

そんな大当たりのタイミングを、司は二度も覗き見し、千鶴の悩ましい肢体を脳裏に焼き付けたものだ。

いまもたまに、レオタード姿で振りつけすることがあると寝物語に耳にした司は、どうしてもその姿を見たいと千鶴に頼み込み、体育器具室に忍び込ませてもらったのだ。

部活が終わり、生徒たちが帰った後、こっそり器具室に入ってきた千鶴は相変わらずのレオタード姿。そのやわらかい女体を司は、いま腕の中に抱きすくめている。

白地に赤を基調とした炎のようなデザインがプリントされたソフトVネックの長袖レオタードは、よく伸びる化学繊維製らしく生地に艶と光沢がある。すべすべさらさらした触り心地は、極めてなめらかだ。

見たことのないレオタードは、比較的新しいモノらしい。

「千鶴先生、とても三十三歳なんて思えません。あの頃のまんまなのだもの……。頭に焼き付けてあるスタイルそのままで……。全然、お尻だって垂れていません！」

「ああん、もう司くんの意地悪ぅっ……。十年近くも前のスタイルと変わらないわけないじゃない。これでも気にしているのよ……」

司に胸を揉まれながら千鶴が、熟れた女体をくねらせ抗議する。

「えー。だって、全然変わっていないようにしか……。いやいや待てよ。このおっぱいは大きくなっていますよね。お尻も心なしか……。それも僕とセックスするようになってからひとまわり近く……」

クスクス笑いながら司は、両掌に包み込んだ乳房をねっとりとまさぐっていく。

「あんっ！」

レオタードの薄い生地の下、よほど素肌を敏感にさせているらしく、人妻教師はふくらみを手指で潰されただけで、びくびくんと派手に反応を示した。

「そ、それは司くんが……私のおっぱいばかり悪戯するから……」

二十代の頃と変わらないスタイルを保っていたはずの千鶴の肉体が、この短期間に変化を遂げていることに司は目敏《めざと》く気づいている。

乳房が張り詰め、最低でも一回りサイズアップしている。お尻まわりも、心なしか大きくなったように見受けられる。

思えば、初めて抱いたころより膣の締まりもよくなり、胎内の肉襞までもが今まで以上に蠢くようになっているようだ。

なぜこれほど乳房が張り詰めているのかといえば、司が千鶴の乳房に執着するから、その歓心を失わぬようにと、本能的に女性ホルモンが分泌され張り詰めているのだ。

そんな恥ずかしい分析を司が言って聞かせ、少なくとも人妻教師はそれを真実だと思っていた。

だからこそ、まるで若牡を挑発する牝獣のようだと、自らを恥じるのだ。

「あっ……うふぅ、んん……」

かつての担任教師と関係を持つようになり、早くも二週間が経過している。

夫との離婚交渉がはじまり、公私ともに忙しい中でも、千鶴は司に優先的に時間を割いてくれている。

いくら司が仕事で忙しくとも、二日と空けずに逢瀬を重ねては、その豊麗な女体を抱くのだ。それも一晩のうちに複数回射精するのが常となっている。肌が合うとはこのことなのか、いくら千鶴を抱いても、まるで飽きることがない。

司が求めれば求めるだけ素直に応じてくれる千鶴相手に、様々な体位とシチュエーションで人妻教師を味わい尽くしている。

こうして千鶴の勤める学校に忍び込んでの逢瀬も、その一環だ。

単に、レオタード姿の彼女を抱くのではなく、放課後の体育館でというシチュエーションが、千鶴の羞恥と司の興奮を煽るのだ。

「それにしても、昨夜の先生のイキ貌《がお》、きれいだったなあ……」

「ほらまたあ……。司くんの意地悪っ……。千鶴をどうしても辱めたいのね。いつまでも先生と呼ぶのも、そのためよね。千鶴と呼んで欲しいのに……」

十歳年上の人妻教師が本気で恥じらうから司としては苛め甲斐がある。

「それに先生、おもらしまで……」

千鶴が何度目かの絶頂を迎えた時だった。あまりに高くまで気をやった美人教師を落ち着くまで抱き締めていると、やがてその肢体から力が抜け、司の太ももに何か生暖かい流れが当たるのを感じたのだ。

「あれ？　先生これ……」

「……！」

何も言葉を返すことなく、千鶴は司の胸板に顔を隠した。

「先生、おもらし……」

「いやん！　言わないでぇ……」

胸板に美貌を伏せたまま、いやいやと頭を振って、司の言葉を遮ったものだ。

「まさか、先生、おもらしするほど気持ちがよかったなんてね……」

蒸し返す司に、千鶴が身を捩って恥じらう。

「もう。まだからかうのね？　でも、司くんまで汚してしまってごめんなさい」

生真面目な人妻教師に、真顔で謝られてしまうと、惚れた弱みを持つ司としては、フォローに転じるしかなくなる。

「平気ですよ。先生のおしっこなら汚くなんかありません。きっと、僕、飲めちゃいます」

「もう、司くんのバカぁ……」

乳房を弄ばれたまま羞恥に顔を俯けていた千鶴は、そう言って可愛らしく顔を顰《しか》めながらも、突然司に口づけしてくる。

「むほん……。千鶴へんへぇ……ぶちゅちゅっ……れろれろん……」

大胆な口づけに司からも舌を伸ばし、千鶴の桜唇を割ってその口腔を舐め啜る。

「ああん……千鶴、まだ肌を火照らせている……ちゅちゅっ、こんな、誰が現れるかも判らない器具室でチューするのも……恥ずかしくないほど……ぶちゅるるる」

互いに舌を絡めあい、体温と涎を交換しあう。人妻教師の唾液はまさしく媚薬であり、あれほど放出して溜まる暇もないほどなのに、早くも下腹部に血が集まった。

「むほん……うふうう……あん、司くん……いけないわ……こんなところで……」

昂奮した司は、レオタード姿のトランジスタグラマーを存分にまさぐっていく。

「久しぶりに個人的に練習をしたいから……」と、生徒たちを帰宅させ、司と二人きりになれるように千鶴が仕向けたとはいえ、学校内に誰が残っているか判らず、危ういことこの上ない。

人気《ひとけ》のない体育器具室であることが、千鶴の心の安定をかろうじて保ち、抗いきれない司の悪戯に身を任せてくれている。

「あん、はううっ、は、はあぁっ！」

交差させていた右手を女体のフォルムに這わせるように、ゆっくりと下方へと降ろしていく。ゴージャスなフォルムを堪能しながら下腹部に差しかかると、ふっくらとした恥丘を掌で覆った。レオタードの下には、サポーターすら身に着けていないことが、繊維の女体への密着具合からも知れる。

「先生、濡れてますね。レオタードの上から触られるの、そんなに興奮します？　それとも、僕の視線を感じていました？」

器具室の扉をうっすらと開け、わざわざオペラグラスまで用意して千鶴の姿をずっと覗いていた司。生徒が器具室に入らぬよう、千鶴は何気にそのドアの前にずっと陣取っていたから、そのお尻の盛り上がりを嫌というほど視姦できた。

「ああん、だって、私ぃ……」

肉土手を覆う掌を鉤状に曲げ、中指をそっと突き立ててやる。途端に、豊麗な女体がびくんと揺れた。

「あっ、ぅふん……ん、んんっ～～」

漏れ出した艶声が、思いの外、響くことに気づいた千鶴は、慌てて口を閉ざして憚った。

「おま×こ、少しなぞるだけで、ジュワーってお汁が……。あぁ、お漏らししたみたいにシミになっている……」

意地悪く言葉責めにすると、豊麗な女体がさらにぶるぶると震える。

「ダメぇっ……。そんな悪戯しちゃ、ダメなの……。こんなところで、千鶴を淫らにっ……ひぅぅぅっ！」

させないでと続くはずが、そこから先は、声にならなかった。司がレオタード生地を押し込むようにして、淫裂に指の腹を突き立てたからだ。

「んんっ……んっ……んふぅ……！」

普段であれば、いきなり女陰を抉るなど下の下の策ながら、いまはシチュエーションに酔い二人ともに高揚している。さらには薄い生地とはいえレオタード越しということもあり、即物的に嬲《なぶ》るのもアリと判断した。

途端に、じゅわっと蜜汁が船底から染み出し、ムンとした牝フェロモンが司の鼻腔を刺激する。

躁状態に近いほど興奮しきった司は、鋭角に切れ上がったレオタードの船底をグイッと指で捲《めく》り、そのまま淫裂に指を埋め込んだ。

太く長い指を姫口に軽く食い込ませただけでも、じんわりと内側から蜜液が多量に滴り落ちてくる。

「ほうぅっ！」

途端に、濡れ襞が手指を締め付けてくる。その膣圧を堪能しながら司は繊細な牝孔を掻きまわした。

いきなりの狼藉ながら手荒くはしない。あくまでもやさしさと愛情をこめて、じっくりと女陰をあやしてやるのだ。

「ほううううっ、ああ、そこ、感じちゃうぅ！」

千鶴がひどく反応する場所。いわゆるGスポットを軽く指先で押しつけただけで、ぐぐっと女体が仰け反り、司に軽い体重を預けてくる。

「あんっ……司くん。ダメよ……千鶴、欲しくなってしまう……」

小柄ながらすらりと四肢が長く、スタイル抜群の千鶴。何を着てもべらぼうに似合う彼女だが、特にこのレオタードはぴっちりと女体に張り付きカラダのラインを全て露わにするため、ひどく千鶴をセクシーに魅せる。

学校でこれを着るなど教育上けしからん限りだ。

「先生。欲しくなってくれて構いません……。ちゃんと僕が、責任を取りますから」

言いながら淫裂に埋め込む指を二本に増やし、人妻教師のGスポットを指の腹で圧迫していく。背後から手首を返しての器用な責めにも、千鶴の女体がクネクネと落ち着きなく揺れる。

「あっ、あぁん……。気持ちよすぎて、頭の中がトロトロになっちゃう……。お願いよ。指よりもおち×ちんを。司くんの太くて熱いおち×ちん挿入《い》れてっ！」

美貌を紅潮させ大胆にせがんでも、決して人妻教師が下卑て映らない。生まれついての気品なのか、おんなとして培われた品位なのかは判らないが、それこそが千鶴の魅力だ。

「司くんの熱くて硬いおち×ちん。早く挿入《い》れてっ。千鶴のふしだらなおま×こを鎮めてください！」

お望み通りにとばかりに司は、大急ぎでその場にズボンとパンツを脱ぎ捨てる。

跳び箱の端に両手をついて、お尻を突きだすようにして誘う人妻教師の悩ましい逆ハート形のマシュマロヒップを両手で摑まえた。

「ああ、千鶴は、ふしだらなおんなね。こんな場所でされてしまうのに、胸をドキドキさせて期待してしまうなんて……」

「先生は、ふしだらでも僕の愛しい人には変わりありません。それに、いつでもどこでも僕にさせてくれるって、誓ってくれたではありませんか」

司は再びレオタードの船底をぐいっとめくり、硬く勃起させた分身をできあがった隙間に運ぶ。

おもむろに媚肉に擦りつけると、引き攣れてあえかに口を開いた淫裂から、内側に溜められた愛蜜がとろりとこぼれ落ちた。

「あううっ……」

自らの切っ先を握りしめ、粘り気の強い蜜液を塗りたくる。上ゾリが蜜液でテラテラに滑ったのを頃合いに、司は分身の角度を変え、後背位からの挿入を開始した。

「ほおおおおおおぉぉっ！」

ぢゅにゅちゅちゅっと狭隘なチューブ状の膣孔に肉塊を埋め込んでいく。すっかり司の容《かたち》を覚え込んだ膣肉は、うれしいとばかりに蠕動しながら迎え入れてくれる。

「ぐふうううううっ。やっぱり先生のおま×こは気持ちがいいっ！」

挿入《い》れたら凄いと判っていても、ぞくぞくぞくっと背筋を走る快感に口の端から涎を零しそうになっている。

極上の名器が司の肉柱のあちこちに、時に吸い付き、時に擦れ、そして時にすがりつくようにしてあやしてくれる。

「ああ、司くんも素敵っ。本当に気持ちいい……。太くて硬くって、すっかり癖になってしまっている……」

まさしく熟れ盛りのおんなには毒とも言える性獣ぶりに、人妻教師は身も心もひれ伏している。

「うおっ。先生のおま×こが僕のち×ぽを、か、咬んでます！」

「し、知らないわ……。またいやらしいことを言って千鶴を辱めるのね……」

けれど、それは千鶴がしらばくれただけで自覚があるらしい。

やわらかく肉棒全体を包みながら、膣肉がさらに奥底で咥え込んでくる感触だ。しかも、繊細な女陰は別の生き物のように蠢き、その伸縮を繰り返すたびに、肉びらまでもが肉棒の付け根に纏わりついてくる。

「ち、千鶴先生……、さ、最高、です……。先っちょも、幹も、付け根も、全部きつく締めつけて、ああ、僕、超気持ちいいです！」

三十路おんなの熟れきった肉路ならではの蠢動に、絶妙な愉悦をもたらされ、司はたまらずに腰を使いはじめた。

ぶぢゅ、くちゅ、ぢゅりゅっ——と、うねくるぬかるみに抜き挿ししては、千鶴の反応を見て腰を捏ねまわす。

「ち、千鶴もよぅ……。つ、司くんのおち×ちんから、あっ、あ、あぁ、もう千鶴、離れられないい〜〜っ！」

間断なく打ち込む司の腰使いは、どんどん激しいものに変化していく。

逆ハート形の美尻に、思い切り自らの腰部をぶつけ、ぱん、ぱん、ぱんと乾いた音を響かせて、猛然と人妻教師を抉った。

「あんっ、あんっ、あぁ……。どうしよう……千鶴こんなに敏感……少し動かされただけなのに、もうイッてしまいそう……ああん……」

婀娜《あだ》っぽい腰がくねりはじめるのを受け、やるせなくなった司は腕を前方に回し、千鶴の乳房をレオタード越しに揉みしだく。特殊な生地の触感もあり、まるでゴム毬《まり》を揉むよう。

「だめなのに……こんなのダメなのに……また司くんに恥ずかしい姿を見られてしまう……。恥ずかしいのに……ああん、もう……壊れちゃう……」

もう一方の手指を美人教師の下半身に這わせ、その股座の一番敏感な部分、クリトリスを嬲りはじめる。

「ひうっ！　あ、ああああああぁぁ……イッちゃう！　ああん、こんなところで、千鶴イクっ！」

悲鳴にも似た淫らな啼き声が甲高く響いた。体育器具室の独特な饐えた匂いも、千鶴が放つ甘く淫靡な香りにかき消されていく。

他愛なく昇り詰める人妻教師をうっとりと視姦しながら、司は次なる淫戯を思案する。

（この衣装でY字バランスを取った先生を犯すのもいいな……）

そんなアクロバティックなセックスが、千鶴のレオタード姿にはお似合いに思える。

珍しく加虐心を逞しくして、人妻教師を貪る算段をする司だった。

2

「司くんは、ちゃんと澪先輩に向き合うべきよ。歳の差なんて関係ないわ。先輩を想うあまり女教師フェチにまでなった司くんだもの。彼女をしあわせにしてあげて」

高校時代の担任教師の千鶴とも関係を持ったことを司は正直に悠希に伝えた。

悠希は、口癖のように「私は司くんと癒されあう関係でいたいの。ウインウインでいたいのよ」と言っている。

「恋人とか、夫婦とかの関係を私は求めていないの。セフレとも違うかなあ……。司くんなら判ってくれるでしょう？　だから私は司くんを束縛するつもりはないわ。他にいい人ができたなら、それはそれでＯＫ。だからと言って、私も司くんと癒されあう関係をやめるつもりはないから……」

悠希の真意は判るような判らないようなだが、実は千鶴も似たようなことを言い出している。

「司くんには千鶴の他にも恋人のような人がいるのでしょう？　その人のところにも

遠慮なく行ってね。焼きもちを焼くかもしれないけれど、司くんを縛るつもりはないから安心して……」

そう千鶴に言われてしまうと、なんとなく複雑な気持ちになった司だが、悠希とのこともあり、何を言えばいいのか正直判らなかった。

辛うじて訊いたのも、優柔不断な自分の立ち位置を確認するもの。

「僕は千鶴先生にとってどういう存在なのですか？」

「そうねえ。うふふ。お守りみたいなものかな……」

「お守り？」

「そう。お守り。おんなとして自信を取り戻させてもらうお守りで、安らぎとか安心とかをもらえるお守り。頑張らなくっちゃって思わせてもらえるお守りでもあるかな。うふふ。ご利益はとっても大きいわよ」

おどけた口調ながら半ば本気でそう思っているかのような千鶴の表情は、ひどく印象的だった。

要するに千鶴もまた司に癒しを求めているらしい。

時に寂しさを埋め、慰めてくれる相手。肉体的な繋がりもさることながら、精神的な繋がりを二人は重視している。

そこには経済的な依存がない分、男らしい頼れる存在とかとは違っているらしい。二人共に自立したおんなだからこそ、男に求めるモノが似たようなものになるのかもしれない。

またんだからこそ、オンリーであって欲しいとかの感覚も薄れるのかもしれない。ある意味、悠希と千鶴にとって、司は都合のいい相手であるらしい。

年下で、惚れっぽく、浮気性で、性欲ばかりが強くて、女教師フェチで——。司から見ると全てが欠点としか思えない部分も、実は彼女たちにとっては御《ぎょ》しやすくも自尊心を満たしてくれる長所と映るようなのだ。

まさしく、悠希の言う「ウインウインの関係」が言い得て妙かもしれない。

そんな奇妙な三角関係が意図《いと》せず出来上がったことを、司は悠希にも報告しないのはフェアじゃないと思い、打ち明けたのだった。

「了解。私と似たような価値観を持つ人が司くんにもう一人現れたってことね。でもよかった。そういう人なら上手に司くんをシェアできそう」

「シェアですか？」

悠希の独特の表現に、司はやや不満ながらも、心のどこかでは上手い言い回しだと納得している。

ただその言葉に、司自身の主体性が感じられない点が不満なだけだ。

「あら、ご不満？　別に司くんを共同で所有するっていう意味じゃないわよ。う〜ん。でも、他にうまく表現できないなあ。やっぱりシェアよ」

クスクス笑いながら悠希がフォローしてくれる。膨れて見せた司の頬に、チュッとやさしくキスをくれた。

都合よく悠希と千鶴の間を行き来する後ろめたさを司は引きずっていたが、自分が彼女たちにシェアされていると思えば、それもいささか軽減される。

「で、司くん。澪先輩のことはどうするつもり？　私は澪先輩とも司くんをシェアしたいと思っているけど……」

ふいに澪のことを持ち出され、さすがに司は動揺した。

悠希と千鶴の間を行き来しながら、それでいてやはり澪のことを諦めきれずにいたからだ。

けれど、人妻でもある澪が、元の教え子である司など相手にするはずがない。確かに、同じく人妻であった千鶴は、司の求愛に応じてくれたが、離婚調停が持ち上がるほど夫婦仲の冷えていた千鶴とは訳が違うように思う。

「どうするつもりも何もありません。白木先生は人妻じゃないですか」

苦し気にそう答えた司に、悠希が意外そうな表情を浮かべた。

「えっ？　司くん、澪先輩が未亡人だってこと知らなかったの？」

司を澪にけしかけようとしていた割に、悠希は肝心なことを伝え忘れていたらしい。

「未亡人？　未亡人って白木先生が？　えーっ！」

「当然知っていると思っていたわ……」

「そんな大切なこと誰も僕に教えてくれなかった。白木先生がそんな悲しい思いをしていたなんて……」

「そっかあ、そうよね。でも、納得。澪先輩ならわざわざそんなこと教えないか。気を遣《つか》わせるものね……」

司も澪の美貌を脳裏に浮かべ、悠希の言葉に頷いた。気働きの利く澪なればこそ、自らの境遇など話さずにいて不思議はない。

「先輩のご主人って亡くなってもう三年以上になるかなあ……。結婚してすぐに病気が見つかってね……。先輩が教職に復帰したのも、ご主人が亡くなったからなの」

事情を知ってようやく司は、自らの迂闊さに気づいた。思えば澪は、司の担任をしていた時と同じ白木姓をいまも名乗っている。

昨今は学校に限らず、夫婦別姓を実践して、そのまま旧姓を用いることは珍しくなく、澪もそうしているのだと疑わずにいた。

けれど、よくよく考えてみれば、新しい職場となる学校に赴任したのだから、わざわざ旧姓を用いる必要はそれほどない。

すなわち澪が白木姓を名乗る時点で、離婚なり死別なりを想像すべきだったのだ。かつて澪に淡い想いを抱いた司としては、彼女にはしあわせでいて欲しいと願う気持ちがあり、それ故にその可能性を無意識のうちに削除していたのかもしれない。

「でね司くん。私の見たところ、いまでも澪先輩に未練がある君に、もう一度きちんと先輩と向き合って欲しいの。司くんになら澪先輩のこと任せられるし、澪先輩が司くんの相手なら、私も許せると思うから……」

悠希にそうけしかけられ、司の中で澪への想いがさらに強くなることを自覚した。

3

「どうすれば、あの身持ちの堅い澪先輩を司くんが落とせるか、正直、私にも想像つかないけれど、頑張れ！」

無責任な悠希の応援を背に、司は澪に思いを告げる決心をした。

澪が未亡人であると知って以来、男性教員と話をしている彼女を見かけただけで嫉妬をしたり、澪の周りを複数の男子生徒が取り囲んでいるのに腹を立てたりしてしまうのだ。

悠希と千鶴の間でフラフラしている自分を棚に上げ、このままでは澪のストーカーにさえなりかねないと自分で自分を危惧する始末。こうなれば澪先生の迷惑となる前に、木っ端みじんに振られようと覚悟を決めた。

澪が司の想いに応えてくれることは、可能性だけで言えばゼロではないはず。けれど、結局のところ悠希と同様に、司にも澪が落ちる想像がつかない。

「それでもどこかで、自分の気持ちに整理をつけなければならないんだ。女教師フェチまでなら趣味嗜好で済むけど、女教師ストーカーじゃ犯罪者だものなあ……」

どちらにしてもアンハッピーエンドであるなら、澪への迷惑が最小限で済む、当たって砕ける自爆が一番であるはず。

いつの間にか街は、間近に迫ったクリスマス一色に染められている。

（澪先生と甘いクリスマスを過ごすなんて、夢のまた夢だったか……）

そんなことを思いながら司は教材を届けることを口実に、放課後の誰もいなさそうな時間を見計らい、澪にアポを取った。

息を切らし駆けつけた職員室には、澪以外の人影はない。

夜も九時を回った学校だからそれも当然ながら、狙い通りとはいえ、ちょっと不気味な感じがしないでもない。

「よく先生は平気ですね」

「あら、だってここはわたしの職場だもの」

クスクスと笑う澪の美しさに、思わず司は見境なく彼女を抱き締めてしまった。

何通りも告白のシミュレーションをしてきたにもかかわらず、その全てを忘れ、最悪の暴挙に出てしまったのだ。

「こんなふうに男子生徒に襲われたりしたら大変じゃないですか」

華奢に見えて思いのほか肉感的な女体に、懸命に己の昂りを鎮めようとあえてそんなことを口にした。

「でも、司くんのことを信用しているもの……。自分の生徒を信用できなくなったら教師なんて言えないわ」

司の腕の中で大人しくしている澪は、やはり一枚も二枚も上手だ。

「いいのですか？　そんなことを言って。僕は中学生の時からずっと……。何度こんな風に先生を抱き締めようと思ったことか……」

熱い想いを吐き出した司に、ぴくんと澪が微かな反応を示した。

「先生は覚えていないでしょうが、夏休みに僕がケガをして先生が手当てをしてくれたことがありました。先生、あの時、水着に薄いラッシュガードを羽織っただけの姿で駆けつけてくれて。あの時からずっと先生をこうして抱き締めたかった。おっぱいにも触りたかったし、お尻にも……」

我ながら不細工な告白だと思う。口説《くど》くにしても、もう少しやりようがあると思うのだが、澪の前ではどうしようもなく思春期のあの頃に引き戻されてしまうのだ。

「気づいていたわよ。司くん、あの時も今みたいに、ここをこんな風に大きくさせていたものね」

言いながら澪の掌が、すっと司の下腹部に伸びてきた。

「えっ？　先生？」

まさかの展開に、司はカラダを強張らせる。

「あの時はしてあげられなかった個人授業を、いまならしてあげられると思うの。司くん、受けてくれる？」

司はぶんぶんと首を縦に振りながらも、何ゆえにこうも都合よく、事が進むのかと戸惑った。

それはそうだ。何度シミュレーションを繰り返そうとも、澪が色よい返事をくれることなど想定できなかった。まして、個人授業など妄想すらしていない。

にもかかわらず、現実に澪は、恥ずかしそうに頬を赤らめながらも、いそいそとまるで新妻のように司のズボンの前を寛げはじめるではないか。

しかも、司を挑発するように、シャツのボタンを一つ外し、眩い胸の谷間を見せつけるのだ。

「これが司くんのおち×ちんなのね……。硬くて、熱い……」

いくら頭の中が混乱していようとも、司の分身だけは素直な反応を示している。

ボロンと飛び出した肉塊に傅《かしず》くように、すっと澪がその場にしゃがみこんだ。

「えっ？　せ、先生っ！」

全く展開を読めずにいる司を置き去りに、熟女教師の紅唇が切っ先めがけ近づいてくる。

鈴口と口唇がチュチュッと奇跡的な口づけを果たしたかと思うと、愛らしい舌が伸びてきてペロッと先走りの汁を舐め取ってくれる。

いったん舌がふっくらとした唇の中に舞い戻り、司のエキスを味わうような素振り。

またすぐに伸びてきた舌が新たにぷっくらと滴る透明な液をぺろぺろと舐め取ってい

る。

「安田くんのお汁は、少ししょっぱいのね……。でも、美味しい……。これが安田くんの味……」

舐め取っては、息を継ぎ、溜息のような言葉を吐いては、また舐め取っていく。

「クチュっ……ぴちゅっ……あ、むん……安田くん、どう？　痛かったりしない？」

上目づかいで心配そうに尋ねては、なおも甲斐甲斐しく肉棒を自らの舌で清めてくれる。

「だ、大丈夫です。あぁ、でも興奮しすぎたち×ぽが、逆に痛いかもです……」

見る見るうちにおんなの唾液でテカテカと艶光りする亀頭部は、痛々しいほどにまで膨れ上がり破裂寸前だ。

そんなやる気満々の肉棒を熟女教師が何事かを期待するかのように、ぺろぺろと舐め続けている。お陰で、まるで射精したかのように我慢汁がどくどくと溢れ出している。

「いっぱい出るのね……。うふふ。安田くん、若いから……。先生の拙《つたな》い愛撫にもこんなにいっぱい出してくれて、うれしい……」

大きさは人並みながらも、生命力に満ち溢れ力強く屹立させることにだけは、いささか司にも自信がある。

陰茎に禍々《まがまが》しく這いまわる赤黒い血管がどくどくと激しく脈打ち、司の旺盛な精力を誇示するように、熱気を発するのだ。

「拙いなんて、そんな……十分過ぎるほど気持ちいいです！」

汗ばむ季節ではないにせよ、一日の労働を終えた司の股間は、その新陳代謝の高さもあって、相当に饐えた匂いを放つはず。

にもかかわらず澪は、不潔な男根に眉根ひとつ寄せることなく、さも愛おしげに口淫奉仕を続けてくれる。

「ああ、先生が僕にフェラしてくれるなんて……」

「ごめんね。先生、あまり上手ではないでしょう？　こういうこと、あまりしてこなかったから……。こんなことならもっと練習しておけばよかった……」

拙さを恥じ入る三十五歳の未亡人教師の可憐さ、可愛らしさに司の心臓はドクンと高鳴った。

あまりフェラの経験が少ないのは、受け身のセックスばかりだったということ。澪の夫は彼女より十歳以上年上だったと聞いている。年の差婚であれば、年若い新妻をさぞかし可愛がったことだろう。

確かに、手慣れぬ感じもあるにはあるが、それもまた愛嬌であると共に、その初心さが逆に清楚な澪を際立たせ、司にはうれしい限りだ。

「とても気持ちいいです。そんな恥じ入るようなことはありませんよ。先生がフェラしてくれるだけでしあわせなのですから。それに先生がフェラしてる貌が、ものすごくカワイイこと、発見しちゃいました！」

「もう安田くんったら、恥ずかしいこと言わないで。フェラしてる顔が可愛いだなんて……。褒めてくれたお礼に、おち×ちんに空いた小さな孔、たっぷりお掃除してあげるわ」

いかにも愉しそうに、熟女教師が司の分身を咥えなおす。片手でそっと握り、暴れる男根を押さえると、突き出された舌先が螺旋《らせん》を描くように蠢き、小さな鈴口を清めてくれる。

「ぐわあああっ！　せ、せんせぇ〜〜っ！」

悲鳴を上げ、頤を仰け反らせる司。太ももをぶるぶると震わせ快楽を我慢する。

そんな反応がうれしいとばかりに、澪の唇がもがく鈴口を解放し、禍々しく慄《おのの》く棹腹を根元から先端にかけて、つぅっと舐めていく。口唇に溜められていたとろりとした涎を垂らし、今度は裏筋も丁寧に舐めてくれる。

「ぶあぁぁっ、先生、気持ちよすぎて射精《で》ちゃいそうです！」

訳の分からぬままに、凄まじい快楽に翻弄され、司は目を白黒させるばかり。普段の司であれば、もう少し我慢できたはずだったが、何せ肉棒を清めてくれている相手が澪なのだから昂ぶりが極度の興奮を呼び、あっけなく昇り詰めそうになってしまう。

「射精《だ》しちゃっていいわよ。もっと気持ちよくしてあげるから……」

司の様子を上目遣いで観察している未亡人教師。その紅唇が限界まで開かれたかと思うと、ぱくんと亀頭部を頬張った。

「えっ？　うわあああぁぁ、澪先生っ！」

悲鳴とも歓声ともつかぬ声を上げ、司はビクンと腰を震わせた。直接呼ぶときには普段、白木先生と呼んでいたが、妄想の時に使う澪先生と呼んでいる。

すでに司には、これが現実の出来事なのか、夢や幻、はたまた妄想の世界なのか区別がつかなくなりつつある。

「んふん……」

愛らしく小さな鼻腔を開き、息を継ぎながら司の分身をずるずると喉奥へと引き込んでいく。かと思うと、ずるずると引きずり出され、上顎に亀頭部が擦れる。ふっくらした舌腹に、再び裏筋を舐められるのもたまらない。

「ぐうぉぉぉっ！　澪せんせぇ～～っ！」

亀頭部だけを咥えた状態にした未亡人教師が、小さく頭を前後に揺さぶり舌で肉棒を刺激する。同時に、タイミングを合わせ舌で鈴口をチロチロとくすぐってくる。添えられていた右手が肉幹に絡みつくと、ゆるゆると扱《しご》きはじめる。左手には陰嚢《いんのう》をやさしく揉まれている。

思いもよらぬ未亡人教師の集中砲火に、司のやせ我慢などひとたまりもなく打ち抜かれてしまう。

「だ、ダメです。澪先生……。射精《で》ちゃいます。ほ、本当にもうダメなのです。先生のお口を穢しちゃいますよぉ！」

情けなく訴えながらも、澪の唇から逃れようとはしない。それどころか、腰をぐいっと前に突き出し、喉奥に勃起を導き射精態勢を整える始末。

上目遣いの熟女教師の瞳が「かまわないから射精《だ》して……」と、頷いてくれる。

澪の白い手が血管の拡張した陰茎に絡まり、さらに激しく扱《しご》いていく。美貌の前後する動きもダイナミックさを帯び、いよいよ司を追い詰める。

おんなの唾液で清められていた肉幹に泡が立ち、湿潤に口淫奉仕の手助けをする。精嚢を包み込む左手は、睾丸を掌で転がすように繊細に揉み解してくれる。

「あぁ、先生いいです。清楚で貞淑な先生が、こんな淫らなことをするなんて……。でも、エロくて最高です！」

驚いたことに司への奉仕をする未亡人教師の股座から、淫靡にもしとどに媚蜜が垂れ落ちている。

初め先生がお漏らしをしたのかとも思ったが、そうではない。はしたなく媚肉から吹きこぼれた淫液が、跪く澪のショーツのクロッチとパンティストッキングのセンターシームを浸透し、職員室の床に滴り落ちて黒いシミを作っているのだ。

身持ちの堅い未亡人であり、生徒思いの女教師の鑑《かがみ》とも映る澪といえども、三十五歳の肉体は浅ましいまでに熟れている。

元の教え子に口淫奉仕をするという禁忌に昂ぶり、発情をきたすのも詮無《せんな》いことかもしれない。

「射精《イ》きます！　あぁっ、せんせぇ……。僕の精子呑んでくださいっ！」

勢いを貯め込んだ精嚢がグッと硬く丸まり、生産過剰な精液を輸精管に送り込んだ。

「あああ、先生っ……!!　ぶはああああああああぁぁぁ！」

熟女の発情フェロモンにも煽られた司は、最後は溜息を吐くような長い声と共に、肉棒から大量の白濁液を発射させた。

「きゃっ……ん、あぁっ！」

ぶびゅびゅびゅっ――と、木の板くらいなら軽く突き破りそうな勢いの激烈な吐精。一塊となった精液が、澪の喉奥を熱く撃ち抜く。

あまりの白濁液の量と熱さに、肉棒を咥え込んだままの澪の口から悲鳴が漏れたほど。鬼凄まじい吐精に未亡人教師の全身から力が抜け、ぺたんとその場に尻もちをついてしまった。

辛うじて司の肉茎を掌で包み込み、二度、三度と起きる射精発作を受け止めてくれる。呆然としながらも、トロンとした瞳が色っぽい。その唇の端から司が流し込んだ精液がつーっと垂れてくるのも悩ましい。

白い喉元がこくんと小さく動き、司の子胤《こだね》を呑み干してくれるのが判った。

4

「ああ、安田くん。こんなに凄い射精、初めてよ……。とっても逞しいのね」

未亡人教師が司に向けた眼差しには、自らが仕えるべきと認めた男にのみ向けられる熱量が込められている。司には、そのことが誇らしかった。

司にとって原点ともいえるおんなである澪が褒めてくれるのだ。それも男としての能力を。しかも、伴侶《はんりょ》を求める豊潤な女体が牡の情熱を求めていることを、貞淑であったはずの媚熟教師は隠そうともしていない。

爛漫に牝が熟れるとは、こういうことなのだろう。まさしく澪は、おんな盛りに熟れまくり、若牡など他愛もなく惹きつけてしまう。身じろぎするだけで、甘く淫靡な香りが立ち昇り、射精したばかりの司の分身を奮《ふる》い立たせるのだ。

「まあ、安田くん。澪のフェラでは満足できなかったのね。ごめんなさい」

その場に三つ指をつかんばかりに傅く澪に、司は慌てて手を伸ばし、頭をあげさせた。

「違います。澪先生。違うのです。フェラチオは最高でした。こんなに気持ちのいい射精を先生にさせてもらうなんて、僕、しあわせすぎて……。それで未だに勃起が収まらないのです……。それにあんまり先生が色っぽすぎるから……」

「まあ。そう言ってもらえるの、うれしい……。安田くんのミルクもとっても濃厚で、美味しかったわ……」

そう言いながら澪が精液の残滓をなおも呑み込む姿を、司はしっかりと目に焼き付けた。願わくは、司の発射した子胤《こだね》が、未亡人教師を孕《はら》ませてくれる奇跡が起きないかと、叶うことのない願いを強く念じる。

「本当に僕の精子、美味しいのですね。澪先生、目がトロンとしています。凄くいやらしくて、色っぽい！」

「あん……。安田くんの意地悪っ」

澪の拗《す》ねるような口調がカワイイ。見惚れる司の切っ先に、再び未亡人教師の唇が重ねられた。尿道に詰まっている精子を呑み干すために紅唇が小さく窄められている。ちゅるんと棹管から精液を吸い取られ、思わず司は「んんっ」と呻きながら身悶えした。

まるで熟女教師は酔っているかのよう。あるいは司の濃厚な白濁液が、強いアルコールのように澪の胃や喉を焼いたのかもしれない。それとも女体に入った司の獣欲の塊が、眠らされていたおんなの淫蕩な肉欲を目覚めさせたのか。

夫を亡くしてから三年。夫が患《わずら》っていた期間も合わせるともっと長くの間、使われることのなかった媚壺が、犯される予兆に狂喜して多量の牝蜜を零れさせているのがその証し。

「ねえ。安田くん……。わたしをあなたのおんなにして……。安田くんに澪を慰めて欲しいの……」

澪はゆっくりとその場に立ち上がると、自らのスカートをまくり上げていく。ショーツから溢れた牝蜜がパンティストッキングに沁み、内股を伝う様子が見られた。

「安田くんの好きにしていいわ。先生に何をしたいの？　それとも何かして欲しい？」

「あの時できなかったことを、ほ、保健室で……」

上ずる声で懇願する司の手をやさしく未亡人教師は握りしめてくれた。導かれた先はリクエスト通りの保健室。

「ここで先生にどうして欲しいのかしら？」

よほど澪も興奮しているのだろう。瞳が妖艶に輝いている。

「僕の顔の上にお座りしてください。今度は僕に先生のおま×こを舐めさせてください！」

保健室のベッドに身を横たえながら司は淫らな願いをする。

「そんなことを先生にさせたいの？　安田くん。エッチね……。いいわ。何でもさせてあげると言ってしまったのは先生だもの。お望み通りに……」

恥ずかしそうに頷いた澪は、再びタイトスカートをまくり上げ、そのまま司の顔に跨ってくれた。

「先生の綺麗な脚……。すらりとして、引き締まっていて、綺麗だぁ……」

興奮にすっかり囚われているから司には遠慮などない。黒い網タイツに包まれた美脚に掌をあてがった。

実際、どうやってこの夢のような淫靡な世界に迷い込むことができたのか相変わらず不明だ。司から告白するつもりが、当たって砕けるその前に、澪の方から誘惑してくれたのだ。

何が何やらわからぬまま都合よくここまで来れたのだから、誘われるまま流れに乗ってしまおうと決めた。

いくら推《お》し量《はか》ろうとも澪の気持ちなど判らないし、恋い焦がれている相手からの誘惑を司には拒めるはずもない。

ならば、それ以上、頭を悩ませる意味がないのだ。

司が考えるべきは、癒されたいという未亡人教師を悠希や千鶴の時と同様に、いかに気持ちよくさせるかで、それだけに集中するつもりだった。

「ああ、小さな網目から覗ける先生の脚、きめの細かい肌が……。澪せんせい！」

司は手指に神経を集中させ、魅惑の太ももをやさしく撫でた。びくんと女体が小さく震えるのが、司の興奮を煽る。

「パンストでさらさらした脚を触るのって、なんだかすごく興奮します。生脚とは違う触り心地で、癖になりそうです！」

スカートの衣擦《きぬず》れとは全く異なる感触が、美脚に触れていくたび、未亡人教師はその女体をビクン、ビクンと震わせている。

それが感じているのか、それとも背徳の感触に慄いているのかはよく判らない。けれど、熟女教師は触られることに抗いを見せない。それをいいことに司は、自らの掌に生じた欲望の熱を伝えるべく、ねっとりと触っていく。

「あっ、んん……。安田くんの淫らな手の動き……。わたしの性感が探られている……んっ、んんっ」

内ももを羽で掃くような手つきで滑らせると、抑えきれない昂ぶりがショーツの奥に咲いた肉花から湧き起こるのか、またしても淫らな慄きが女体に起きる。

跨っているのがつらくなったのだろう。ついに未亡人教師は、司の貌の上にぺたんとお尻を着いてしまった。

肉感的な割に軽い体重がのしかかる。ふっくらほこほこの尻朶が目のあたりを覆い、ムンとおんなの匂いを際立たせた白いショーツのクロッチ部分が口元にあてがわれた。

「うぶぶぶっ。先生のおま×この匂い。いい匂いなのれふね……。海のにほひみたい……。なんらかやさしくて落ち着くにおいれふ……」

「や、安田くん……あんまり、嗅《か》いじゃダメ。あっはぁ！」

かつての教え子に揮発した牝蜜の香りを吸い込まれることで、自分がとんでもなく背徳なことをしでかしていると自覚するのか、司に顔騎したまま熟女教師がその身を捩る。

そんな澪の背徳感とは裏腹に、長年咲く機会に恵まれなかった淫花は、爛漫にショーツの中で開花して、熱い蜜をさらに吹き零すのだ。

「安田くんに嗅がれてるのね。わたしのいやらしい匂いが沁み込んだショーツを……。あぁ、こんなにいけないことをしているのに、どうしてもドキドキしてしまうわ……」

パンストとショーツにわずかに隔《へだ》てられた牝口に、間近に迫った教え子の息遣いを感じるのだろう。体温を含んだ熱い呼気が吹きかけられるたび、司の貌の上に座り込んでしまっている背徳のシチュエーションが、三十五歳の熟れた女体をジワリと蝕《むしば》むのだ。

「うん。いいにおいでふ。こんろは、みおせんせいを味わひたい！　もっと口におま×こをおひつけてくらはい……」

「わたしの味って……。こ、こうかしら……ああん、やぁ、ダメよ、こんなことっ」

次はパンストとショーツを脱がされるものと稚拙に考えていたであろう澪に、より恥ずかしい悪戯を司は要求した。

自ら腰を動かし淫裂のありかを知らせろと、司の唇に自ら被せろというのだ。

ダメとか、イヤとか言いながらも、従順に澪は司の言いなりになってくれる。

自らの核心的部分を、ぬめりを帯びた舌先に導いて、澪は甘い嬌声を押し殺している。

尖らせた舌先で化繊の網目を通過させ、司は薄布のクロッチを愛撫した。

「ぐふううぅっ。先生のお汁。もうショーツが吸いきれなくて、ストッキングまでべとべとなのですね。エッチでいやらしいおんなの味。甘酸っぱくて塩気が濃くて……。ああ最高においひいっ！」

「いやん！　安田くんのバカぁ……。恥ずかしい味を教えたりしないで……ふひっ！」

恥ずかしがる語尾に悩殺の艶声が混ざる。舌で舐めるだけでは到底我慢しきれない司が、大きく口を開いてクロッチ部にむしゃぶりつき、ショーツとストッキングに沁み込んだ恥蜜まで、ぢゅるるるるっと強く吸い付けたのだ。刹那にむわっと淫花から濃厚な蜜汁の香りが立ち昇る。

洗剤の芳香などとうに薄れた、卑猥な匂いの染みついた下着。それでいて不潔な感じゃ嫌な臭いは一切感じられない。ひたすら司の欲情を激しく揺さぶるばかりのエロ牝臭だ。

「んふぅ……あぁ、いやらしい……こんないやらしいこと……。ダメなのに……。でも安田くんがしあわせそうにクンニしてくれるから……全然嫌そうじゃないから……あっ、ああん！」

きょう一日中、澪が穿いていた下着なのだ。いくら息苦しくとも司が丹念に味わうのは当然のこと。まして、司が舌を這わすたび、未亡人教師の媚脚はぶるぶると恍惚に震え、卑猥な臭気をさらに濃厚にさせるのだ。

「澪へんへい……んむっ。まさか、へんへいのお股をこんな風に舐めさせてもらえるとは……。せっかくの機会なのでふから……もっとエッチなシロップをあじわひたいれふ。このストッキングを破いてひまってもいいれふか？」

「え、ええ。構わないわ……。どうぞ、安田くんのお好きに……」

未亡人教師の許可を得た司は、即座にストッキングのセンターシームに両手を運び、力任せに引き裂いた。

パンストがぼろきれと化すのが、さらに司の興奮を煽る。

ついには、澪の許可も得ぬまま、ショーツのクロッチ部を股座の隅に寄せ、未亡人教師の秘部を露出させた。

「えっ？　あっ、いやぁ……」

若獣の狼藉に、さすがに蜂腰が浮きかけたものの、最早、脚に力など入らないらしく逃れることはできない。

澪のマシュマロヒップが司の視界を遮り、その秘密の花園を見ることはできなかったが、ボタボタボタッと多量の蜜が司の口腔に落ちてきた。

「ああ、どうしよう……。澪のふしだらな蜜が安田くんのお口に……」

しとどの蜜を含んだ旬《しゅん》の淫花が、あまりの羞恥にきゅんと窄まる。お陰で、さらに内側に溜められていた蜜汁が司の口腔めがけて垂れ落ちる。

「ぐふううううぅ……んむぅ、美味しいよう……先生の多量のシロップ、最高に美味しい……」

この粘性の強さから未亡人教師が吹き零しているのは本気汁であるようだ。噎せそうになりながらも、司は懸命にドロリとした蜜液を頬張り、狂喜して嚥下した。

強烈な媚薬でもある淫蜜が、司の胃の腑でかぁっと燃え上がる。

にしても、これほどまで未亡人教師がその女淫を濡らしていようとは。汁気の多い体質なのだとしても、あまりにも多すぎる気がする。先ほど、司の肉茎を咥え込みながらも、しとどに濡らしていたことが司の脳裏に思い出された。

（えっ、まさか、そういうこと……？）

ふいに、司の頭の中にその答えが浮かんだ。

澪には、事前にアポを取ってあった。つまり司が訪れることを判っていたのだ。その上で、未亡人教師は司を誘惑すると決めていたのではあるまいか。それ故に、司が現れることを待ちわびて、既に女陰を濡らしていたのではないか。

まさかとは思うものの、それが真実であると、司の直感が告げている。

（あぁ、澪先生が僕を、胸を焦がして待っていてくれたなんて……!!）

勝手な解釈であろうとなかろうと、司はその想像に昂ぶり、首を不自然に折り曲げ、顫を突き出させるようにして淫蜜の滴る源泉に口を密着させた。

「いやん……！　安田くん、ダメダメっ！　こんなにぐしょ濡れのあそこを直接舐めるだなんて……」

予期せぬ司の振る舞いに、熟女教師の全身が大きく震えた。僅かに残された理性が働き、腰を戦《そよ》がせようとしているが、司が下方からその太ももに両手を巻き付けているため逃れようにも逃れられずにいる。

「だめぇ……こんなのダメなのに……あぁ、恥ずかしくて、死んじゃいそう……なのに、あああああぁぁぁっ」

未だストッキングの残骸にメイクされた太ももが、ぶるぶると悶えだした。

最早、真っ直ぐに司の貌の上に座っていることもできなくなった女体が、頤を天に晒し、エビぞるように弧を描く。

極まった艶声に、未亡人教師が絶頂を迎えそうになっていることを知り、ここぞとばかりに司は、舌を盛んに動かした。

秘唇をべろべろと舐めながら、クチュクチュと粘液をかき回すのだ。

顔騎されたままであたりの様子がよく判らない司の舌遣いは、乱暴であり、必ずしも狙いの定まらぬものとなっている。けれど、それがかえって未亡人教師の予測を外し、女体を高みへと押し上げる。

「あぁ、イッちゃう。イッちゃうわ……はぁ、あん、安田くぅ～ん！」

兆した衝撃に澪が総身を震わせ、息むふくらはぎに力感が漲《みなぎ》る。

「イッへくらはい……。へんへい……僕のクンニで、イキ乱れてくらはい！　んんっ、ぢゅぶ、ちゅちゅるるっ」

火照り切った女体が絶頂へと昇り詰めていくのを下腹部に顕れた変化で感じ取り、司はさらに舌先を硬くさせ淫裂に挿し込んで、その中をかき回した。

「あぁっ、ダメっ。安田くんにアソコの中を掻きまわされてる！　わたしもう……イクっ。あああぁぁぁっ……イクぅ～～っ！」

法悦の瞬間が女体に訪れたのだろう。ぴんっと四肢を硬直させて、背筋を弓のようにのけ反らせている。反動でお尻が軽く浮き、ようやく司は、未亡人教師のイキ恥を目の当たりにできた。

数年ぶりの絶頂に女体が痙攣し、恥宮から搾りだされた蜜液が間欠泉のような飛沫となって司の貌に降り注ぐ。

司はその飛沫を懸命に舌を伸ばして呑み込んだ。恋い焦がれ、司の性癖まで決定づけた女教師の潮ふきなのだ。たとえそれが、小水であろうとも呑み干せる。

司のカラダの両脇に逆手をつき、腰を浮かせて絶頂し続ける未亡人教師。おんなとして、妻としてかつて注がれていた甘く淫蕩な記憶が、肉の狭間に蘇るのだろう。その清楚な媚肉を、まるで物欲しげにパクパクと開け閉めさせて蕩け悶えている。性悦を思い出した子宮が歓喜に涙するようだ。

「澪先生のイキ貌、ものすごくエロいのですね。でも、とても気持ちよさそうで、うれしくなってしまいます」

余韻に小さな痙攣を繰り返していた未亡人教師は、ついに脱力し、司の上に倒れ込んだ。

5

しどけなく両足をカエルのように大きく開いたまま、司の上にうつ伏せとなった澪は荒い呼吸を繰り返している。

その股間からは、トプトプと蜜を溢れさせ、司のシャツに濡れジミを作っている。

両目をしっかりと閉じ、直前まであれほど乱れていたとは思えないほど穏やかな表情をしている。

しばらくその姿に見惚れていた司は、おもむろに女体の下から這い出して、身に着けていたYシャツやズボン、下着まで全て脱ぎ捨てた。

麗しの女体をやさしく仰向けに返し、そのまま澪の股間に陣取ると、ガチガチに硬くさせた肉茎を秘所に押し当てた。

「先生。僕、もう我慢できません。先生に挿入《い》れたい……！」

雄々しくそそり立つ肉塊を澪の許しを得る前から、その女淫に擦りつけている。

眼を閉じたまま意識があるのかも判らなかった澪の顎が、軽く縦に揺れた。口元には、慈愛の籠ったやさしい笑みが浮かんでいる。

司は、ガチガチに硬くなった肉棒に右手を添え、裏筋をメコ筋に沿わせ、その蜜液を塗りつけた。

悠希が「いやらしい」と言いながらも、一番喜ぶ挿入前の儀式を澪にも味わわせるのだ。

陰裂に対し水平に裏筋を半ばほどまで食い込ませ、ずずずずっと擦りつける。引き攣れてひしゃげた蜜口から、またしてもコポコポッと淫蜜が零れる。

「あ、あ、あぁ……」

硬く、熱く滾らせた肉棒を今度は垂直にあてがいなおし、自らの亀頭部を押し込んでいく。

美しいと思えるほど左右対称の鶏冠部が、司の肉幹にまとわりつくのを道連れに、淫裂への挿入を開始した。

「先生！　澪先生っ！」

昴りに任せ、熱くその名を呼びながらゆっくりと切っ先を沈めていく。ぬぷんとエラ首が帳《とばり》を抜けた途端、触手のような膣襞がねっとりと亀頭部にまとわりついた。

「あぁん……はあぁぁぁ……」

司の埋め込みと同じペースで、未亡人教師が溜息のような声を漏らす。快感を味わっているような、苦悶に耐えるような艶声は、司の心を蕩かして止まない。

焼けた鈴口を奥へと呑ませるにも、狭隘な肉路はまるで司の侵入を阻《はば》むよう。それでいて、いざ迎え入れてしまえば、まるで篤《あつ》くもてなそうとするようにねっとりと肉襞がすがりついてくる。

膣胴は熱く、豊潤な愛液で潤み、まるでトロミのある餡かけにでも分身を浸け込むよう。

「は、は、はぁ……。はぁ……あっ、あはぁぁぁぁ……っ」

深い絶頂を極めたばかりの女体は、肌という肌を敏感にさせているらしく、ゆっくりと突き進むだけで熟女教師が荒く息を漏らす。

降りてきた子宮口が、ぶちゅりと司の鈴口と熱いフレンチ・キスを交わした。

「はうううううっ！」

切っ先がぶつかる手ごたえを司が感じた瞬間、澪の方は一瞬意識が途切れたようで、びくびくんと女体を震わせた。

「う、嘘でしょう……。わたし、挿入されただけで軽くイッてしまったの？」

内側から拡げられる充溢感と、灼熱の肉棒に焼かれる感覚、さらには張り出したカリ首に媚膣をしこたま引っ掻かれ、熟女教師は脳裏に白い閃光を浴びたのだ。四肢がバラバラになりそうなほどの快感電流に打たれ、初期絶頂が兆したらしい。

「僕も信じられません。澪先生が僕のち×ぽを咥えただけで、イッてしまったなんて……。ああ、でも本当にイッたのですね。先生の襞々がいやらしくち×ぽを締め付けて数秒くらい離してくれませんでした！」

「ああん。やっぱりわたし、またイッてしまったのね。はしたなすぎるわ……。恥ずかしい……」

澪の感覚では恍惚に漂ったのはほんの一瞬であったらしいが、司にとっては永遠にも近い数瞬だった。

このまま律動を加え、さらなる絶頂に未亡人教師を追い込むのもいいが、その前に司にはどうしても確かめておきたいことがある。

「先生。どうしてですか？　どうして急に僕とこんな……。セックスさせてくれる気になったのですか？　確かに僕は、今日先生に愛を告白するつもりでした。長年抱え込んでいた先生への想いに決着をつけるつもりで……」

澪の奥にまで埋め込み、じっと動きを止めたまま、言葉を紡《つむ》ぐ司。ややもすると素晴らしい媚肉に腰を振りたくなるのを懸命に堪え、なおも口を開く。

「先生とこうなるのをずっと夢見ていましたから、何も不服はありません。でも、僕はやはり知りたい。大好きな澪先生が僕のことをどう思っているのか。そして、どうして、僕とセックスしてくれているのかを……」

心に湧き上がる言葉をそのまま口にした司。未亡人教師はそんな司をじっとりと濡れた眼差しで見つめ返している。

やがて容《かたち》のよい紅唇が、そっと開かれた。

「わたしのこと、もっと身持ちの堅いおんなだと思っていた？　うふふ。そうね。これが安田くん以外の男性だったら、先生だってなびかなかったかも……」

「えっ？」

「でも、こんなにも長い間、思われていたのだからおんなとしても、教師としてもしあわせなことだって、実は悠希ちゃんから教えられたの……。彼女、わたしのことを羨ましがっていたわ。こんなに深く生徒から愛されるなんてって……」

司に澪が落ちる想像がつかないなどと、憎まれ口のように言っていた悠希。それでいて、陰ではいつも司を助けてくれるクールビューティに、司は心からの感謝と愛情を覚えた。

「悠希ちゃんも安田くんのこと愛しているのね……。なのにわたしと安田くんをシェアしたいって……。彼女に言わせると安田くんは女教師を癒す達人なのだそうよ」

頬を紅潮させながら話す澪の色っぽさ。話の内容が内容だけに、理知的なはずの澪を高揚させるのだろう。

「わたしも男の人に依存する生き方はもう懲《こ》り懲《ご》りだったけど、それでもおんなとして寂しい気持ちもあったの。安田くんは、そんなおんなの我《わ》が儘《まま》を真摯《しんし》に満たしてくれる人だって……。それに何よりも、セックスが……。気持ちよくさせてくれるのがとってもうまいって……」

そこまで赤裸々に悠希が澪に話したとは、正直、司には驚きだ。ガールズトークの延長でそんな話題になったのだろうが、理知的な女教師である悠希と澪がどんな顔をして、そういうトークをしているのか。

「悠希ちゃんに言わせると、わたしには安田くんの性癖を決めてしまった責任があるそうよ。これ以上安田君が他の女教師に手を出さないように、わたしが身をもって応えるべきなんだって……」

「うわああっ。悠希先生、僕の女教師フェチの話までしたのですか？　絶対に澪先生には秘密だって、あれほど念を押したのに……」

焦りまくる司の首筋に、澪が両腕を回し、その頭を引き寄せてくれた。

「ねえ。安田くん。わたしも悠希ちゃんのように、司くんって呼んでもいい？」

大人可愛く澪が恥じらいながら、ちゅっと頬に口づけをくれた。

「も、もちろんです。遠慮なくそう呼んでください！」

高揚した気分で答えながら、未亡人教師の紅唇に自らの唇をそっと重ねた。

ふっくら甘い唇に触れた途端、ばちんと性悦が走る。エベレストよりも高いと思われるほど高嶺に咲き誇る花唇に、ようやく辿り着いたのだ。心が震え、それが激しい性悦になるのもムリからぬこと。

「ああ、先生っ……。澪せんせぇ〜〜っ。むふん、ほむむむん……」

激しく唇を奪い、朱舌を絡め捕《と》る。捧げられた舌腹を上下の唇で包み込み、熱くあやした。

「先生っ！」

唇を重ねながら司は澪のシャツの前ボタンを外しにかかる。

もどかしくも苛立《いらだ》たしいが、これほど愉しい作業もない。

すべてのボタンを外し終えると、司は無言のまま澪の前合わせを左右に泣き別れさせていく。

刹那に目にした眩い光景。何度夢想したか知れない澪の豊乳が、眩い白さのブラジャーに包まれ揺蕩うている。

Eカップある千鶴よりもさらに大きいであろうふくらみは、ブラカップの中に押し込まれ深い谷間を形成している。

「きれいだぁ……。ついに僕は先生の生おっぱいに……」

昂る想いを懸命に抑え、司は女体の側面とベッドの間に手指を挿し入れた。

「こんなに華奢で薄い女体なのに、どうしておっぱいだけこんなに前に突き出しているのでしょう」

豊麗な女体を抱き締めるように手を回し、女教師の背中に着いたブラのホックを手早く外す。

「あん。手慣れているのね……。悠希ちゃんにも、こんなことばかりしているの?」

可愛い悋気を露わにする澪に、心躍らせながら司は、ゆっくりとブラ紐を緩めた。

背筋から退かせた手指を前に戻し、邪魔なばかりのブラカップを取り去る。

「ああ……っ」

短く羞恥の吐息を漏らす澪。それでいて司の手を妨げる真似はしない。

途端に、ボロンと零れ落ちる豊乳の美しくも見事なこと。若々しい肌の弾力が残されたふくらみは、まるで弾けるように飛び出すのだ。

十代はオーバーかもしれないが、確実に二十代のそれと変わらぬハリと艶。ブラの支えを失い、わずかに流れ出しはしたものの、十分以上に美しいドームを形成している。

特筆すべきは、ふくらみの下端のゆったりとした丸い曲線と、中心で純ピンクの丸い乳暈に囲まれながら、キュンと上を向いた曲線の見事さ。

「こんなに綺麗なおっぱいをしているのですね……」

司は感動のあまり思わず涙ぐんでしまうほど。

「あん。司くんったら、そんなオーバーよ。歳をとったせいで少し、ハリも失っているのだから……。お腹のあたりもあまり見ないでね。最近、余計なお肉がついてきたみたいなの。恥ずかしいわ……」

恥じらう澪のその言葉に嘘はないのだろう。確かに、司が中学生の時に目に焼き付けた水着姿よりも、ふっくらとした印象は否めない。けれど、むしろその肉付きが、男心をそそるのも事実だ。

しかも、その肉体にはどこにも肥え太った様子などなく、年増痩せしてスレンダーな限りなのだ。

「そんなことありません。ものすごく綺麗です。それに服が残されたままセックスするのって、まるで先生を犯しているみたいで、物凄く興奮します！」

「あん。だったら司くん。わたしに気を遣わずに激しくしてくれていいわ。紳士なやり方よりも、おんなを屈服させるように荒々しくして」

「本当にそんなことしてもいいのですか？　僕は先生を犯してみたかったから荒々しくするのは御の字ですけど……。先生も生徒に犯されてみたいのですか？」

「やぁん。そんな言い方ばかりしてぇ……。ええ、そうよ。やさしく可愛がられるのも好きだけど、おんなは時に荒々しく犯されてもみたいものなの……」

「そうなんだ。じゃあ、遠慮なく。澪先生を犯します！」

言うが早いか司は、素早く勃起を抜け落ちる寸前にまで引き抜くや、即座に反転、勢いよく未亡人教師の股座にばちんと打ち付けた。

「きゃううううっ！」

途端に、澪が頤を上げ、甲高く牝啼きする。

「ああ、いい声で啼くのですね。あんなに澄ました先生が、こんなにエロい表情でよがるなんて……。僕にこんなふうに犯されるのを想像して、おま×こ濡らしていたのでしょう？　だから激しくしてなんていやらしいおねだりをするのですよね」

口汚く辱めながら、司は大きなストロークで肉塊を打ち付けていく。

「ひうんっ！　あっ、あっ、あぁ……。ダメよ。そんなに激しすぎる！」

目の前で激しく上下する豊乳を掌に摑まえ、思う存分揉みしだく。

揉めばそのやわらかさは掌の中で吸い付くようにひしゃぎ潰れ、それでいて心地よく反発してくる。恐るべきは乳肌のなめらかさで、指が滑るとはこのことだ。

「激しすぎるだなんて、嘘でしょう？　先生の熟れま×こ、熱くてひどくぬるぬるで……。抜き挿しされるたびにぬかるんできます。僕にち×ぽを突っ込まれて、たまらないのでしょう？　犯されて悦んでいますよね？」

辱めれば辱めるほど未亡人教師の膣の入口がムギュリと締まり、司の性感を大きく乱す。

その凄まじい快感に一瞬腰の動きが止まってしまうが、次の瞬間には憧れの女教師を犯す歓びが勝り、さらに勢いをつけて突き込んでいく。

「ほら、ほら、ほら、僕に胤付けして欲しいのですね。先生の子宮が降りてきて、僕の切っ先にちゅちゅって吸い付いてくる……。エロま×こが僕の子胤を欲しがっているのでしょう？」

「あぁ、いやよ。胤付けだなんて……いやぁ……」

予想もしていなかった言葉なのだろう。言葉責めの一環だとしても、セックスの最中に妊娠を仄《ほの》めかされて動じないおんなはいない。

「いいえ。ダメです。淫らな澪先生に、生徒である僕の子を孕《はら》んでもらいます！」

本当に孕まされると疑念がわいた瞬間に、ぞわぞわと蜜襞が蠢き、子宮がきゅんと疼く。司には、おんなの感覚など想像するばかりで、本当のところは窺い知れない。けれど、冷たい言葉を浴びせられた女体は、慄くように悦びに震え、明らかなエロ反応を示している。本気で孕ませて欲しいとばかりに、勃起を食い締める始末なのだ。

強引なセックスを繰り返しながらも、司の行為には終始、澪を強く欲する示唆が含有されている。それが熟女教師の心臓をきゅんと締め上げ、ぞくぞくするようなおんなの悦びを呼び起こすのだろう。

「あ、あぁぁ……」

律動を中断させ、司は澪の腋の下からわき腹のあたりを手指や唇で擽っていく。澪に予測のつかぬ場所、カラダの思いもかけぬ部分を休みなくあやすのだ。

「ほううっ！」

首筋に唇を這わせ、愛らしい耳を頬張り、耳孔に舌先を挿入する。未亡人教師を味わいながら、豊かに、誇らしげな形にふくらんだ乳房をねっとりと揉みしだく。

「あぁん……」

甘い嬌声に誘われ、司はその唇をそそり立つ乳首に運び、念入りに舐めしゃぶる。忘れかけたころを見計らい、膣奥を捏ねるように腰遣いを食らわせる。

「ああん。凄いのね司くん……。わたしの膣中《なか》にこんなに長くいた男の人は、初めてよ……」

知らず知らずのうちに水泳によって培われた媚薬の如き魔性の女体。律動を開始して五分も経てば男を果てさせてしまいそうなほどの蠱惑の肉体。司が懸命に自制して、射精を堪えているとも知らず、澪はそれを称《たた》えてくれる。実際、先ほどフェラで射精させてもらっているから、かろうじて余命を保っていられるのだが、舌を巻くほどの具合のよさだ。

「そうですよね。こんなに具合のいいふしだらま×こだもの、レイプしたがる生徒は大勢いるでしょうね。先生ほどのいいおんなを未亡人にしておくのはもったいないです。このエロいカラダを好きなだけ弄んで、はしたないエロま×こにたっぷりと精子を吐き出すのです。想像するだけで、あぁ、たまりません！　ぶちゅちゅちゅちゅーっ！」

どす黒い劣情をぶつけるように、二度三度と下乳から乳首に向かって舐め上げながら、付け根まで埋め込んだ腰部をぐりぐりと捏ね上げる。そそり立つ勃起の生え際で未亡人教師の陰核をすり潰すイメージだ。

「あぁっ！」

短く啼き、身悶える様子から、その目論見が当たっていると知れる。

「うふん……あっ、あぁ……」

びくびくとのたうつ女体を追いかけまわすように司は口を大きく開き、乳首の先端から乳房の三分の一ほどまでを含み、コリコリに勃起した乳萌を舌先で転がす。

「ひふんっ！　あ、あぁ……。うふぅ……っ」

燃え広がる峻烈な愉悦に、澪の蜂腰がはしたなく浮き上がる。自ら女核と淫裂を牡獣に擦り付けるような腰つきに、司の興奮も激烈を極めた。

しゃくりあげるような牝啼きと共に、悶えまくる澪の凄絶な官能美。ここまで美しく犯される女教師がいるであろうか。

「あぁ、先生を犯すのってこんなにすごいことなんだ。もう我慢できません。また動かしますよ。今度は本気で動かしますからね！」

「ひっ！　本気でって司くん、いままで自重していたというの？　ひやん！　あっ、あぁっ、ああっ！」

愕然とする澪に、本気の若牡の律動が襲い掛かる。先ほどまでのスローピッチとは異なる荒々しい突き入れ。

「あっ、あああああああぁぁぁぁ～～っ！」

完全に貫《つらぬ》かれた未亡人教師は、なす術なく肉棒の先端に底を突かれ、子宮をぎゅんと押し上げられている。

人並み程度の分身ながら、受精を望み子宮口が降りてきているため、最奥が浅い。それがために司でも容易に、奥のポイントを抉ることができ、美教師の四肢を歓喜の絶頂に撃ち抜くことができた。

「はぁ、はぁ、はぁ……あっ、あぁ……ああああああぁぁぁっ！」

甲高くも獣じみた声を放ち、ぶるぶると女体を震わせる澪に、司はなおも容赦なく抜き挿しを加える。

「一度では満足できないでしょう？　犯されて、弄ばれて、何度でもイッてくださいい！」

ダウンしかけた未亡人教師に、追い打ちの一撃を浴びせると、澪はたちまち二度目の絶頂に見舞われている。

「いやぁ……こんなにはしたなくイクの恥ずかしい……。生徒に犯されているのに……ああ、だめよ、二度目、三度目がきちゃう……あっ、あっ、ああん、イクぅっ！」

淫靡に牝啼きする未亡人教師に、委細構わず司は、激しく女体を揺さぶっていく。

肉塊を抜き挿しさせるごとに、澪のカラダはドクン、ドクンと淫らな雫《しずく》を吹き零し、絶頂を極めていく。

「あぁ、どうしよう。イクのが収まらない……。いっぱいイッているのに、何度もきちゃうの……。しかも、イクたびに濡れ方も四倍五倍に……。やめて、司くん、これ以上は、先生、壊れちゃうわ……」

恐らく澪は、おんなとして大切に扱われてきたのだろう。蠱惑の肉体が、乱暴に扱われる前に、男を果てさせてきたのかもしれない。

それ故に、絶頂は一晩のうちに一度達すれば、それで終わりと思い込んでいたようだ。

にもかかわらず、もうすでに四度も昇り詰め、すぐさま五度目を迎えようとしている。自分の性感が壊れたと思い込むのも不思議ない。

深い悦びを知ることのなかった女体が、三年もの間眠らされた反動で一気に開花したのかもしれない。そう導くことができた司の悦びも、ひとしお以上のものがある。

「澪先生、そろそろ限界が来ました。たまりにたまった想いを精子に載せて吐き出しますから、しっかりと子宮で受け止めてくださいね。ちゃんと孕むのですよ！」

「あううっ、はうううっ」

高熱に犯されたように、苦しげな呼吸を繰り返す美教師の紅唇に近づけると、澪自ら首を持ち上げ、唇を触れ合わせた。

生徒に屈し、身も心も撃ち抜かれた未亡人教師。呻き声と共に司の唇に震い付いている。

激しいキスを繰り返して蕩けた舌同士を、溶けあうバターのように絡み合わせる。

燃えるだけ燃え上がった女体を、最上位まで達させるべく、司は最後の律動を開始した。

「ああああっ。澪先生、射精《だ》すよ……。僕と一緒に、犯されてイクんだ！」

ぐいと未亡人教師の太ももを両肩に載せ、華奢な女体を屈曲させてストレートに打ち込む。

剝き出しとなった女淫に肉勃起を激しく出入りさせ、熱い咆哮を喉奥から搾りだす。

「あはぁ……いやぁ……とろとろになったおま×こ、搔き回さないでぇ〜〜っ！　あ、あ、イクっ、イッちゃう……！」

イキまくる澪の肉孔から猛烈な交合臭が、泡となって噴出される。

「おおっ、イクよ。先生の膣中《なか》にレイプザーメン吐き出すから、しっかりと子宮で呑むんだ！　あぁっ、射精《で》るっ、射精《で》るぅぅぅ～～っ！」

「イクっ。またイクぅっ。生徒に中出しされて、澪イクっ。あ、あああああぁぁっ！」

鋼の如き肉塊が、その形を変容させ、一段と大きく膨れ上がった肉傘。刹那に射精発作に見舞われ、肉幹ごと震わせる。

ズオン、ズオンと痙攣と共に、積年の劣情を澪の子宮口めがけて放った。

「あぁああああああああああああぁぁぁっ！」

激しく美貌を打ち振りながら、陶然と染め上げられた澪は、持ち上げられた美脚をぴーんと一直線に伸ばし、全身全霊で司の勃起を締め上げてくる。

夥《おびただ》しい蜜滴を浴びた亀頭部は、さらに二度三度と痙攣して、さらに子胤をまき散らす。

汗だくとなった乳房をねっとりと揉みしだきながら司は、法悦の余韻でぴくぴくと痙攣している牝孔の具合を吐精の余韻と共に味わっている。

びぷっ、こぽぽぽ——司が踏み荒らした媚花から白い泡がひり出された。

胤付けの成果を確認しようにも、胎内で起きているはずの受精は目に見えない。

未亡人教師を穢す歓びに打ち震えながら、司は恍惚とした表情で澪を熱く見つめている。

凌辱された女体は、熱い視姦を感じ取ったのか、きゅんと媚唇が窄まった。

終章

1

「もう司くんのエッチぃ。こんなものどこで見つけてきたの？」

身に着けてすぐ抗議してくるのは悠希。そのくせ、クールビューティを赤く染め、その表情は蕩けるよう。

「これって間違えていないわよね。こんなにぱっくり開いていていいのよね……」

ちょっと天然なところのある千鶴は、すうすうする自らの背筋に視線を送り、前と後ろを間違えていないかしきりに確かめている。

「つ、司くん……。これって、もっと若い娘なら似合うでしょうけど……。わたしにはちょっと……。あまりにも肌の露出が多すぎて……」

短い丈を懸命に伸ばそうと引っ張りながら澪が恥ずかしそうに謙遜《けんそん》をする。

三人に着替えさせたのは、いわゆる〝童貞を殺すセーター〟と呼ばれるもので、司がネットで取り寄せたものだ。

「ああ、先生たち、ものすごく似合っています……。ねえ、そこでくるりと一回転して後ろ姿も見せてください……」

司は狂喜乱舞して、ファッションショーさながらに三匹の牝教師にバックも見せるように注文する。

童貞を殺すセーターの名に恥じぬセクシーさ、絶妙な肌の露出加減。

悠希が身に着けているのは、純白のボーダーで、大きく背中の空いたノースリーブタイプ。薄手のニットだから胸元のあたりが妖しく透けて見えそうだ。

千鶴の物は、グレーニットで、丁度胸の谷間のあたりにハート形の窓が作られている。バストの下あたりの両サイドに大きくスリットが入り、リボンで編み上げるようにして腰のくびれあたりを覗けるデザインになっている。

澪のセーターもグレー系で、千鶴の物と似た作りながら胸元のスリットがこちらは大きな楕円《だえん》形になっている。デコルテラインから胸の谷間までのほとんどが露わだ。

いずれのニットも、丈は太ももを十センチほど覆う程度で、悩ましいボディラインを隠すとも覗かせるともどっちつかずに、悩殺するデザインなのだ。

それを彼女たちは、全裸にセーター一枚という倒錯した艶めかしさで、なんとも男心をたまらなくそそる。

「ああん。いやん。お尻まで覗けちゃうじゃない」

司の想像を遥かに超える際どさ。

すぐにでも貪りつきたくなるような美しい後ろ姿が並んだ。

こうしてみると一番歳若い、悠希がほっそりして見える。

わずかに赤味かかったウェーブヘアが白い背中を半ばまで隠し、なだらかな肩口が繊細なことと言ったら緻密《ちみつ》な寄せ木細工を思わせる。

一番小柄ながら千鶴のトランジスタグラマーは、ボン、キュッ、ボンとメリハリが利いている。

腰つきからヒップの急激な膨らみ具合といったら、もうはちきれんばかりだ。

ムチッと充実した尻朶をぴっちりとニットが覆うため、その肉感的度合いが増し増しになっていた。

そして澪。一番年上であるにもかかわらず、まるでそのボディラインは崩れていないばかりか、牝として旬を迎えていることを見た目にも伝えるエロさ。

中でもたわわな胸元が、後ろ姿にもかかわらず、カラダのラインから横乳が左右からはみ出していると判るほど。誰よりも白い背筋の肉付きも、色気たっぷりに官能味を漂わせている。

「今度は、横向きに！　そうです、その角度。あぁ、凄すぎる。目が潰れてしまいそうなほど三人とも眩しい！」

ミニ丈どころか、ほとんど申し訳程度の三人の裾は、股間すれすれの高さにある。ムチムチの充実した太ももを晒すばかりか、横向きになると、そのわずかな隙間から、儚げな翳《かげ》りがけぶるように覗いて見える。

あちこちに大胆に開けられた窓は、そこから手を侵入させられるように作られているのだから無防備なことこの上ない。

何よりも、三匹の牝教師が、まるで少女の如き恥じらいを見せているのが堪らない。

女神たちの競艶に、司は大急ぎで身に着けているものを脱ぎ捨て、全裸となった。

既に分身は、腹に付きそうなほど硬く勃起させている。

四人が集《つど》うこの場所は、澪のマンション。

とある連休を利用して、司のセールス合宿と称した淫らな会が催《もよお》されている。

元々、悠希と澪は先輩後輩の間柄で、当然面識もあったが、千鶴だけが「はじめまして」で、顔合わせの意味も含めての会だった。

セールス合宿と銘打った以上は、どうやって今後、司の売り上げを伸ばしていくかを相談する場でもあるらしい。

元々これを言い出したのは、悠希で、司の仕事の心配から下の世話まで、何かと世話を焼きたがる。司をシェアしようと持ちかけたのも、そもそもが悠希の発案なのだ。

人一倍自立したおんなとしてクールに澄ましていながらも、その実、かなりのおせっかい焼きだ。

「司くんを自立した一人前の男に育てなくちゃ、三人も女教師が揃《そろ》った甲斐がないでしょう」

司の見立てでは、悠希はある種の共犯者を作ろうとしているように思える。

たとえ自立したおんなであっても、否、自立したおんなであるからこそ、それをきちんと尊重できる男の存在が必要なのかもしれない。

「私は、司くんを〝いい男〟に育ててあげたい……」

高校時代の担任である千鶴は、そんな風に言っている。

貞淑で慎み深かった人妻教師はもういない。一人のおんなとして解放されたのだ。

と同時に、やはり縛られているのかもしれない。司の理想の女性でいたいと思う気持ちが、千鶴に〝いい女〟を演じさせている。

処女のような初々しさと、少女のような可憐さと、娼婦のような淫靡さと、淑女のような慎みと。端から見ると、男に媚びていると指摘されるであろうくらいに、千鶴ははっきりと〝いい女〟であろうとしている。けれど、それもまた一人の自立したおんなであればこそ。〝いい女〟とは、そういうものなのかもしれない。

「司くんの手伝いはするけれど、司くんは想いのまま、自由に生きて行けばいいの」

司にとって女教師フェチのはじまりでもある澪は、そんな風に言ってくれる。

突き放しているわけでも、過保護になるわけでもない。その言葉通り、あるがままの自然体で接してくれている。

時に彼女たちの手助けによって、なんとかノルマをこなしていたものが、彼女たちに与えられた自信もあってか、最近は順調に他からも注文を取れるようになっている。

それもこれもいやらしい彼女たちに癒されているお陰だ。言うなれば、彼女たちは、司にとっての恩師であり、幸運の女神でもあるのだ。

これほどまでに美教師たちに面倒をかけているのだから、司自身、早く自立しなければと思う反面、彼女たちに甘えていたい欲求もある。

先生をまさぐりたい。もう一度甘く叱られたい。教わりたい。時に、先生たちに甘い悪戯を仕掛けたい。その豊麗な女体をまさぐり尽くしたい。

三匹の牝教師を傅かせ、時に司が傅いて……。

「ねえ、先生たち。今度はそこに四つん這いになって並んでください」

瞬殺のセーターを身に纏った女神たちは、従順に司の指図に従ってくれる。

もちろん、これから何をされるのかも承知のうえで。

「司くん。はじめは悠希からお願い……。あそこがもう疼いているの……」

媚尻を高く掲げ司を求める悠希。澪と千鶴の視線を意識しながらも奔放に振舞うのは、この会を提唱した責任感からか。

「それじゃあ、お言葉に甘えて……」

司は悠希の後ろに回り、そのシミひとつない背中を撫でまわす。

途端に、女体がビクンと震えた。

乳白色に輝く双尻がさらに高く掲げられ、ふたつの丸みの間から秘密の花園が姿を現した。

「挿《い》入れますよ」

司は無造作に肉塊をクレヴァスにあてがうと、そのままずるずるっと埋め込んだ。

狭隘な肉路をエラの張った蛮刀で無理やりこじ開け、ずぶずぶっとめり込ませる。

「んっ……んんっ……っく……あはぁぁぁん！」

同性の、しかも同じ教師たちの目を憚り、噤んでいた朱唇も司の抜き挿しがはじまると、途端にほころびる。

「あっ、あっ、あっ……。ああん、ああん、あぁっ」

美人教師があられもなく司のリズミカルな突きに合わせ、艶やかな啼き声をスタッカートさせる。

それを聞いている澪と千鶴の方が、顔を赤くさせるほど奔放な牝啼き。淫蕩で雄々しい司の腰遣いに、たちまちのうちに悠希の官能が燃え盛る。

「ああっ、司くん、いつになく荒々しい……。ワイルドな司くんも素敵っ！」

思えば、癒されることを望む悠希には、いつもスローセックスを心掛けてきた。対して、思いのほかマゾっ気を露わにする澪には、言葉責めを浴びせながら激しく攻め立てるのが常となっている。

「悠希先生。こんな風に犯されるのも好きなのですね。だったら、たっぷりと激しく打ち付けてあげますね」

「ああん。好きぃ……。逞しい司くんに、犯されるの好きぃ……。もっと、もっと奥まで……激しく突いてぇ……」

平均的サイズでしかない司ながら、牝が高まれば子宮が本能的に降りてくることを知っている。そうなれば、子宮口に鈴口をぶつけるのも難しくない。

要は、相手の官能を見極め、的確な場所に擦りつけてやればいいのだ。

「あん……いいの……司くんには、悠希の気持ちのよくなる場所を知られているから……あはぁ、そこばかり、擦ってるぅ……」

司は、悠希の腰を両手でつかみ、膣の入口から子宮口までの肉畔を縦横無尽に行き来させる。大きく深いストロークと短く浅いストロークを自在に使い分け、粘液が満ちた膣管を隅々まで擦りつける。

「悠希先生のおま×こ、相変わらずギュって締め付けて……。あぁ、ざらざらした天井が、後背位だと裏筋に擦れて……。やっぱり、すごく気持ちいいです」

ずぶずぶと具合のいい媚肉を掘り起こしながら、美人教師の具合のよさを殊更に言葉にする。それは、もちろん端で見つめている澪と千鶴を意識してのこと。

恐らくは、初めて目の当たりにするであろう他人のセックスを、二人の美熟教師が目を妖しく輝かせ凝視しているのだ。

「ああ、だめぇ……。激しくされるの、よすぎちゃう……。ああ、イクわ。悠希、イクぅぅ～～っ！」

悠希の女体が絶頂に運ばれ、弓なりになり、自然と司の顔位置にそのイキ貌《がお》が近づいた。その朱唇を奪い取ると、ねっとりと舌を甘い口腔の中に挿し入れる。上の口も下の口も嵌入された美教師は、あられもなくイキ涙に咽《むせ》ぶ。たっぷりと悠希の唇も穢した司は、その舌と肉塊を悠希から引き抜き、今度は千鶴の女体に向かった。

「ごめんなさい。澪先生。もう少しだけ待っていてくださいね」

やさしく澪に謝ってから千鶴の膣口に勃起をあてがう。

「司くん。来てっ……千鶴のなかに埋めて……今、挿入《い》れられたら、絶対に乱れちゃう……恥ずかしいところを全部、みんなにも見られちゃう……。けど、司くんとならどうなってもいい……」

人妻教師がこちらを振り返りながら、司の突き入れを待ち受けている。

大きく膨らませた亀頭がにゅるんと、これほど容易《たやす》く千鶴の中に嵌るのは初めてのこと。つまりは、それほど彼女は興奮している上に、司を待ちわびて、すっかり準備が整っていたのだ。

「あっ、ああっ！　あぁぁぁぁ……。司くんのおち×ちん、すごい……。いつもよりも、もっと熱くて、硬くて……んふぅっ、んんんんっ！」

悠希の膣路に浸け込んでいただけあって分身は相当に昂っていた。そこをすぐさま別の淫裂、千鶴の極上名器に押し入れたのだから、興奮の度合いが嵩《かさ》を増している。熱さや硬さも、いつも以上なのはそれ故だ。けれど、いつも以上なのは、司の分身ばかりではない。

千鶴の女陰もまたいつも以上に、締め付けが強く、蠕動も激しい上に、体温も湿り気も格段に上がっている。すなわち、発情の度合いが違うのだろう。

清楚なまでに恥じらいを忘れぬ千鶴が、はじめからここまで明け透けに官能を謳いあげるのも珍しい。絶頂を迎える終盤になって昂りを抑え切れずに、ようやく本気の牝啼きを晒す彼女が、いつになく序盤から飛ばしている。

それもこれも、同性の視線を浴びながらセックスする異常な体験が人妻教師の甘い肌をいつも以上に火照らせるのだろう。

「うおっ！　僕が動かさなくても千鶴先生のおま×こが勝手に蠢いて、抜き挿しさせているみたい！　ぐうぉぉっ。襞々がいやらしく絡みついてち×ぽが溶けそう！」

蠕動もさることながら膣の入口がむぎゅっと締まり、司の性感を大きく乱す。負けじと司も、勢いをつけて突き込んでから、奥を掻きまわすように腰を捏ねる。

「千鶴先生の奥、ちゅって吸い付いてきます……気持ちいいですよ……」

昂ぶりに任せ司は、セーターの大きく開いた背中から両手をぐらせ前に回すと、やわらかなふくらみを苦もなく摑み取った。

マシュマロの如きやわらかさのふくらみが、たふんと掌に収まり、さほど力を入れずともほわほわんと潰れていく。手熱で溶けて消えてしまいそうなトロ乳房に、夢中で手指を食い込ませ、荒々しくまさぐり尽くす。

「あん、あん、あぁん……。そんなに揉まないで……。乳首からも淫らな電流が……あぁっ、きゅんって子宮まで届いちゃうぅっ！」

その言葉通り、子宮を切なく疼かせた千鶴は、その太ももをもじつかせる。埋め込んだままの司の分身をも道連れに、膣肉と勃起肉がしこたまに擦れた。

「ぐはあぁぁっ！　だ、ダメです。千鶴先生。それ、超気持ちいいっ！　たまらないですぅ！」

まだ澪にも挿入したいというのに、司の余命は一気にそがれ、やるせない射精衝動に頭の中がいっぱいになった。

「ぐうぉおおっ！　千鶴先生のエロま×こ、具合よすぎで、もう我慢できません。このまま、千鶴先生の膣中《なか》に……おっ、おぉっ!!　おおおおぉぉん……！」

凄まじい快楽に堪えきれなくなった司の腰が、猛然とスピードを上げ、届く限りの膣奥をズック、ズックと荒らしまわる。

「あはぁ……激しい……来るのね……いいわ。射精《だ》して……千鶴もイクから……あっ、あぁっ！　イクっ……イキます……。あっ、ああああああぁんっ！」

恐ろしいほど艶っぽい表情を浮かべた千鶴が、頤を天に晒し昇り詰める。

ぶわっと肉傘を膨らませ、怒涛の如く多量の精液が尿道を遡《さかのぼ》る。頭の中が真っ白になるほどの快感と共に、夥しい吐精がはじまった。

射精は長々と続き、人妻教師の胎内をいっぱいに満たしていく。しまいには膣口と勃起の隙間からブビッと白濁液が漏れだす始末。

千鶴の目元から大粒の涙が零れているが、その貌は悦びに浸っていた。

2

「ああ、司くん。わたしだけ、おいてきぼりにされてしまうの？」

口元から涎が垂れてしまうほど快感に緩めていた司を澪が甘く詰《なじ》った。

「大丈夫ですよ。僕が澪先生を前にして萎《な》えるはずがありません。むしろ一度射精《だ》したから、たっぷりと先生のおま×こに留めることができます」

千鶴から引き抜きながら司は言い放った。その言葉通り分身は天を衝《つ》いたままだ。我ながら浅ましいまでの絶倫さにあきれてしまうが、三匹もの牝教師を相手にするにはこの位でなくては持たない。

もっとも、鶏が先か卵が先かではないが、彼女たちの存在が司を超人的なまでの絶倫にさせているのだ。

「ああ、うれしい。司くん、早くください。澪のはしたないま×こは、待ちわびてこんなです」

ぐいっと突き出された澪のお尻。誰よりも熟れ、いまが旬とばかりに爛漫に実っている。

双尻の狭間でサーモンピンクのクレヴァスがじゅくじゅくと濡れまみれ、妖しく光り輝いていた。

「お待たせしてすみません。いますぐに挿入《い》れますね……」

上反りした肉棒を右手で押し下げ、秘唇へと密着させる。司は、そのまま躊躇いなく、ずぶずぶと肉棒を押し込んでいった。

「あっ、ああっ……うれしい……司くんが、また……わたしの、膣中《なか》に……あっ、あっ、本当に……千鶴先生がおっしゃる通り、いつもより、熱い……熱いの凄く……

ああ、それに、いつもより大きいわ……」

熱いのは判る。昂りが血潮を熱くさせ、勃起熱も上昇するのだ。けれど、〝大きい〟とはなんだろう。セックスのし過ぎで、サイズが大きくなるなどということがあるのだろうか。

乳房を念入りに弄び続けると、サイズがアップするとは聞いたことがある。血流を高めリンパの循環がよくなり、一回りほど大きくなるのだ。

事実、悠希や千鶴も司の執拗な愛撫を受け続け、最初の頃よりもサイズをあげている。いずれ澪もそうなるだろう。

けれど、男根にもそんなことが起こるのだろうか。理由はどうあれ、大きさにはコンプレックスを持っている司だからサイズアップは嬉しいが。

（もしかすると、先生たち三人を抱くために、僕の執念がち×ぽの大きさまで変えさせたのかも……）

そんな妄想に独り司はほくそ笑み、ずぶずぶずぶっと、さらに未亡人教師の奥底まで勃起を埋めていく。

ゆっくりと進めていた肉棒は、徐々に速度を増し、最後はコリコリした感触の子宮口に、張りつめた亀頭部がぶつかった。

確かに、いつもよりさらに深くまで到達している手応え。

「きゃううう……。あっ、ああっ！　あああああぁぁ……はああぁぁんっ!!」

「うわぁっ。締まる……澪先生、きつく締め付けすぎっ！」

多汁体質の澪の淫裂は、その長い襞のくすぐりもあって、トロトロの餡に浸け込むよう。けれど、今日の蜜壺はいつにもまして強い締め付けと蠢きが半端ない。

結合部からは、ぽたぽたと粘液が滴り落ちて、床に淫らな水たまりを作っている。

「濡れま×こ気持ちいいけれど、食い締められていて動けないよ。先生、おま×こ緩めてください」

「ああん。だって、はしたないわたしのおま×こが勝手に食い締めているの……。わたしにもどうすればいいのか……」

むぎゅっと勃起を抱きすくめられているだけで相当に気持ちがいい。しかも、膣襞が締め付けたまま蠕動するのだから未知の快感が込み上げてくる。

少し痛いようなムズムズするような、それでいて熱くてヌルヌルで。けれど、それも暫《しば》しじっとしているうちに、ようやく収まり、いつもの穏やかな抱き締めに変わっていく。

「ああ、ようやく動かせそうです。このままじっとしていても気持ちがいいけど、でも、やっぱり動かして、澪先生を啼かせたい！」

そう甘く囁いた司は、再び律動を開始した。熟女教師のくびれた腰に指をかけ、抽送の速度を徐々に上げる。

激しく揺さぶられるのが澪の好み。豊麗な肉体であればこそ味わうことのできる肉悦に、三十五歳の未亡人教師が溺れていく。

「あっ、ひっ……あはぁっ……わたしのカラダ、いつからこんな淫らに……」

「すっかり、澪先生のカラダは僕に犯されるのを悦ぶようになりましたね。おま×こが、僕のち×ぽをしゃぶります。さっきの締め付けも、僕の牡としての旨味を覚えたからたっぷりと味わおうとして……」

澪を辱める言葉。けれど、その言葉は、すべて事実であるだけに、未亡人教師は眩暈のような甘美な酩酊《めいてい》を覚えてしまうのだ。

「僕は、澪先生も、悠希先生も、そして千鶴先生も、誰一人手放すつもりはありません。だから、毎日このち×ぽを先生たちのま×こにしゃぶらせて、僕の味を誑《たら》し込みます。何時間もハメ続けて、快楽で癒してあげます。もう澪先生のおま×こは、僕のち×ぽの中毒でしょう？　もう離れられませんよね？」

高熱に浮かされたように熱っぽい口調で話す司。その問いかけに澪も後背位の向こう側で、浮かされたようにうんうんと首を縦に振っている。

「離れられない。もう澪は、司くんのおち×ぽ中毒です」

一番激しくされている澪だから短期間のうちに中毒化したのだろう。

「悠希先生も、千鶴先生も、僕のち×ぽ中毒にしてあげますからね」

雄々しくも自信たっぷりに宣言する司に、悠希と千鶴も蕩けた顔で頤を縦に振る。

「してください。司くんのち×ぽ中毒に。悠希を堕として」

悠希が昂る牝貌で、懇願してくれる。

「千鶴もお願いします。でも、もう、千鶴は、司くんのおち×ぽ中毒にされているかも……」

頬を染めて千鶴がつぶやいた。

三匹の牝教師は、このまま司に犯され続けたら、どんな快楽を味わえるのかと、陶酔した表情で夢想している。

三者三様に孤閨《こけい》を耐え忍んでいた淫花が、もっとおんなの悦びを注いで欲しいと爛漫に咲き誇るのだ。

「あぁ、三人とも、淫らでカワイイ貌をしている。ずっと僕だけの牝教師でいてくださいね！」

熱く咆哮しながら司は、澪の背後に覆いかぶさる。パンパンと肉と肉を打ち鳴らしながら、白く実った美乳を搾り取る。

クリスマス間近だというのに、マンションの居間は男とおんなの発散する性熱と汗で蒸し風呂さながらになっている。

「あぁっ、澪、イキますっ。イク、イク、イクぅぅ〜〜っ！」

発情を極めた未亡人教師が、自らも尻を振ってイキ極める。遅れて司にも射精衝動が起きた。

淫靡《いんび》極まりない牝啼きに触発され、臀部に叩きつけていた精嚢が固くなった。

「ぐはあああっ。澪先生。僕もイクっ。澪先生のおま×こに射精《だ》すから、ぎゅっとまた締め付けて！　僕のち×ぽから子胤を搾り取ってください！　ぐわぁっ、あ、あぁっ！　おおおおおおぉぉおっ！」

愛しい教え子の子胤ミルクを子宮で受け止めるため、媚教師はイキま×こを懸命に搾って男の吐精を促す。

どぷん、どぴゅっ、ぴゅるるるっ——司は指先を鋭く尻肉に埋め、凄まじい放精をはじめた。

肉棒全体が破裂するような凄まじい崩壊と共に、新鮮な子胤を胎内に打ち尽くす。

一滴でも多く澪の子宮口に届かせようと最奥で放っているから、未亡人教師は司の子を孕んでくれるかもしれない。

司と澪の魂の性交を熱い目で見つめていた悠希と千鶴も、その膣口から淫らな蜜液をしとどに吹き零している。

必ずや悠希と千鶴も孕ませると、密かに司は決めている。

女教師は、汚されてこそ美しい。憧れていたからこそ果てしなく、淫らに嬲りたい。そして深い愛情と共に癒してあげたい。

可愛らしくも淫らな美教師たちを悦楽としあわせに浸し、牝に変えたうえで、熱いほとばしりをぶちまけるのが女教師フェチの本懐。

終わりのない放課後に、四人の官能授業はどこまでも続く。司の愛と欲望が続く限り。


（了）

※本作品はフィクションです。作品内に登場する
団体、人物、地域等は実在のものとは関係ありません。

まさぐり先生《せんせい》

〈書き下ろし長編官能小説〉

2020年11月16日初版第一刷発行

著者……………………………………………北條拓人

デザイン………………………………………小林厚二

発行人…………………………………………後藤明信
発行所……………………………………株式会社竹書房
〒102-0072　東京都千代田区飯田橋2－7－3
電　話：03-3264-1576（代表）
03-3234-6301（編集）
竹書房ホームページ　http://www.takeshobo.co.jp
印刷所……………………………中央精版印刷株式会社

定価はカバーに表示してあります。
乱丁・落丁の場合は当社までお問い合わせください。
ISBN978-4-8019-2449-9 C0193

好評既刊

時代官能小説
艶討ち始末人
八神淳一 著

江戸時代。美しき女暗殺者は敵に囚われ淫らな肉体を蹂躙される…！　巨匠が描く時代官能エンターテインメント。

726円

長編官能小説
田舎の盛り妻
桜井真琴 著

田舎に飛ばされた男は地元の人妻たちに甘く誘われて!?　純朴かつ性に貪欲な田舎妻を描く、地方エロスの決定版。

726円

次回刊行案内

長編官能小説 ―書き下ろし―
兄嫁とふたりの幼馴染み

俊英が描く再会誘惑ラブロマン！
2020年11月16日発売予定!!

河里一伸 著

実家に戻った青年は身近な美女たちに誘惑される…！

726円